Graham fit volte-face et déposa la bouteille sur la table.

— Très bien.

L'un des muscles de sa joue pulsa, mais il resta autrement en contrôle de ses émotions. Il plaça une main sur le dossier de la chaise.

— Je suis très peu impressionné par ton incapacité à arriver au bureau à l'heure. Et lors de ton premier jour, qui plus est.

— Mes excuses. Tu as tous les droits d'attendre de moi que j'arrive à l'heure prévue. Cela ne se reproduira plus.

Du moins, il espérait que ça n'arriverait plus.

— Ta vie personnelle ne me regarde pas, poursuivit Graham, imperturbable. Tu découvriras que le train de vie new-yorkais te posera quelques soucis ici.

— De toute évidence.

Dan ravala un soupir.

Graham pensait-il qu'il avait fait la fête toute la nuit ?

Probablement.

Cependant, la vérité ne concernait en rien Graham. Il avait subi pire que ce genre de jugements hâtifs, et cela faisait bien longtemps qu'il avait cessé de culpabiliser dès qu'il n'était pas à la hauteur des attentes d'autrui.

— Sommes-nous sur la même longueur d'onde ? demanda Graham.

LA REVANCHE DE SWANN

Shira Anthony

LA REVANCHE DE SWANN

Shira Anthony

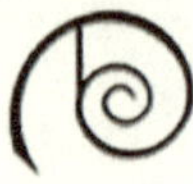

Publié par
DREAMSPINNER PRESS

5032 Capital Circle SW, Suite 2, PMB# 279, Tallahassee, FL 32305-7886 USA
www.dreamspinnerpress.com

La revanche de Swann

Titre original : Swann's Revenge

Première édition : février 2018
Traduit de l'anglais par Charlotte Blake.

Illustration de la couverture :
© 2018 Aaron Anderson.
aaronbydesign55@gmail.com
Conception graphique :
© 2022 L.C. Chase.
http://www.lcchase.com
Les éléments de la couverture ne sont utilisés qu'à des fins d'illustration et toute personne qui y est représentée est un modèle

Édition e-book en français : 978-1-64108-473-4
Édition imprimée en français : 978-1-64108-474-1
Première édition française : septembre 2022
v 1.0

Édité aux États-Unis d'Amérique.

SHIRA ANTHONY était chanteuse d'opéra professionnelle dans une vie antérieure. Elle a interprété des rôles dans de nombreux opéras, dont *Tosca*, *Pagliacci* et *La Traviata*. Vous pouvez entendre l'aria chantée par Shira lors d'une performance en direct du *Tosca* de Puccini en suivant le lien : «Vissi d'arte» (http://www.shiraanthony.com/wp-content/uploads/2012/06/tosca-visse-darte-exceprt1.mp3).

Elle a renoncé à la télévision pour passer ses soirées en compagnie de son ordinateur portable, et ne va nulle part sans une provision de romances M/M sur son Kindle. Lorsqu'elle n'est pas occupée à écrire, elle passe la plupart de son temps dans une salle d'audience, à faire du monde un endroit meilleur pour ses enfants. Elle privilégie les côtes de la Caroline pour écrire, en général, et particulièrement à bord du *Land's Zen*, un catamaran d'environ dix mètres de long doté de son fameux et séduisant capitaine à la barre.

Que ce soit une romance contemporaine, des métamorphes d'une fantasy épique ou de vampires qui voyagent dans le temps, Shira écrit ce qu'elle aime écrire et ne termine jamais une histoire sans fin heureuse. *Sous le vent* de la trilogie «Les Tritons d'Ea» a été nommé meilleur livre de 2014 par Scattered Thoughts and Rogue Words et Hearts on Fire Reviews, et a été nominé par le Goodreads M/M Romance Member's Choice Awards de 2014. Sa saga «Blue Notes» qui parle de romances gay sur un thème de la musique classique a également été nominée par Scattered Thoughts and Rogue Words comme l'une des meilleures sagas de 2021, et le plus récent tome de la saga, *Dissonance*, a été nommé l'un des meilleurs livres de l'année 2014 par Hearts on Fire Reviews. Son livre *A Solitary Man*, coécrit avec Aisling Mancy, a gagné le Rainbow Award Honorable Mention for Best Gay Mystery/Thriller en 2016.

Vous pouvez retrouver Shira sur :

Facebook : www.facebook.com/shira.anthony

Goodreads : www.goodreads.com/author/show/4641776.Shira_Anthony

Twitter : @WriterShira

Site Internet: www.shiraanthony.com

Courriel : shiraanthony@hotmail.com

Par Shira Anthony

DREAMSPUN DESIRES

Mariage à tout prix

Paradis perdu

La Revanche de Swann

Publié par **DREAMSPINNER PRESS**

www.dreamspinnerpress.com

Pour tous les rêveurs qui aiment les fins heureuses. Un grand merci à tous ceux qui ont lu jusqu'au bout les élans de mon cœur.

Prologue

Quinze ans plus tôt

— **HÉ,** Jimmy ! cria Carl depuis la rangée de trombones à quelques mètres de là. La PS2 que j'ai commandée est enfin arrivée. Tu veux venir l'essayer avec moi ?

Van, l'un des joueurs de football qui était assis sur la touche, ricana et répéta :

— Tu veux venir me faire une pipe, Jimmy ? Adorable.

Les joues de Jimmy s'échauffèrent. Il sortit quelques Kleenex presque immaculés de la poche de son jean, s'essuya le nez et fit semblant de ne pas avoir entendu.

— Va te faire foutre, Vannie *la Harpie*, répliqua Carl.

Quelques autres joueurs éclatèrent de rire.

— Va te faire foutre, Thurston.

Van montra ses fesses et les frotta d'une main en faisant claquer ses lèvres.

— Toi et Zebbie, vous devriez *payer* pour avoir un tel honneur.

Jimmy détestait qu'on l'appelle comme ça, mais il s'y était fait au fil du temps. Avec ses cent quarante kilos et son mètre quatre-vingt, Carl était assez imposant pour pouvoir leur mettre à tous une bonne raclée. Et Jimmy mesurait à peine un mètre soixante-dix. Il n'était pas bête au point d'oser répondre aux joueurs de football.

— Zebulon ! hurla M. Peterson, le directeur de la fanfare. À quoi jouez-vous ? Vous êtes censé être déjà avec les autres sur la ligne des vingt yards.

Jimmy n'avait pas réalisé que le reste des joueurs de cor d'harmonie s'étaient éloignés. Il ignora le rire que cela généra chez les joueurs de football et se précipita vers le reste de sa section. Il aurait aimé pouvoir s'enfoncer dans l'herbe boueuse et disparaître.

— Tu viens ? demanda Carl alors qu'ils retournaient à la salle de musique, environ une heure plus tard.

— J'arrive.

Il finirait ses devoirs chez Carl.

— Je vais devoir appeler mon…

— Je n'arrive pas à croire que tu aies réussi à attraper cette dernière passe, s'émerveilla Gerry devant Danny, alors que lui et quelques autres joueurs passaient devant le groupe en direction du vestiaire.

— Merci du compliment.

Le sourire de Danny parut forcé. Mais aussi tordu soit-il, il n'en était pas moins mignon à ses yeux. Danny avait l'air d'un gars normal quand il souriait comme ça. Un peu gêné, mal dans sa peau. Juste un gars parmi d'autres. Et non l'élève le plus populaire de l'école.

Jimmy toucha le papier abîmé dans sa poche comme s'il s'agissait d'un porte-bonheur. Il était toujours surpris que Carl veuille toujours être son ami après qu'il lui avait fait son coming-out la semaine dernière.

— Bien sûr que tu es tombé sous son charme, lui avait dit Carl quand Jimmy était finalement parvenu à lui dire qu'il avait le béguin pour Danny. Toute l'école l'est. Ça ne te rend pas plus gay qu'un autre. En plus, tu sais comment ils sont. S'ils te surprennent en train de les regarder pendant les répétitions du groupe…

Il ne s'était pas disputé avec Carl, mais il n'avait pas pu détourner les yeux de Danny, qui se tenait au milieu du groupe. Jimmy jeta un coup d'œil à son reflet dans une fenêtre voisine et pria pour que le Clearasil teinté que sa mère lui avait acheté ne se voie pas trop. Elle avait beaucoup insisté pour qu'il l'utilise. Il espérait que la substance couvrait au moins un peu son acné.

Alors que Danny le dépassait, il sourit à Jimmy. Son expression semblait plus lumineuse, plus authentique qu'avant. Du moins, Jimmy le pensait.

— Salut, Jimmy. M. Crowley a dit que tu pourrais me prêter tes notes du cours de maths de vendredi dernier.

— Il… il a dit ça ?

Jimmy jeta un coup d'œil à Carl, qui secoua la tête.

— Nous avions ce truc pour la télé, expliqua Danny. C'est pour ça que j'étais absent, ce jour-là, et…

— Ne me dis pas que tu veux traîner avec Zebbie, maintenant ? dit le gars à la gauche de Danny – Mark Cowell.

— Eh bien, je…

— Zebbie, dit Gerry en se penchant pour que son visage soit à quelques centimètres de celui de Jimmy. Dégage d'ici. Danny ne veut rien avoir affaire avec des pédés.

— Gerry, j'ai vraiment… commença Danny.

— Dégage, Zebbie, répéta Mark. Ou devrions-nous plutôt t'appeler Debbie ?

Il éclata de rire et poussa Jimmy d'un coup sur le torse. Jimmy trébucha en arrière sur la chaussure de quelqu'un et atterrit dans une flaque d'eau. Les joueurs, tous sauf Danny, reniflèrent, amusés, et éclatèrent de rire.

— Hé, fit Carl. Tu vas bien ?

Jimmy essuya la boue qui avait atterri sur le pavillon de son instrument.

— Ouais. Je vais bien.

— Ne sont-ils pas tout mignons ensemble ? dit Mark d'une voix de jeune fille. Ça donnerait presque envie de vomir, vous ne trouvez pas ?

Des larmes coulèrent sur les joues de Jimmy. C'était déjà sa chance que toute l'équipe de football – avec Danny, bien sûr – l'ait vu tomber sur les fesses. Et maintenant, il se mettait carrément à pleurer devant eux. Il avait envie de mourir. Il voulait disparaître.

— Oh, regarde, Danny, continua Van. Zebbie s'est mis à pleurer. Hein, Zebbie ? Tu veux un mouchoir peut-être ?

Il lui jeta une serviette sale et Jimmy la repoussa d'un geste.

— Van, je n'ai vraiment pas…

— Vous êtes de vrais enfoirés, siffla Carl.

Jimmy savait que Carl voulait l'aider, mais le seul fait qu'il ait besoin d'aide le faisait se sentir encore plus pathétique, plus impuissant que jamais. Les larmes coulaient à flots, à présent. Il ne voulait pas que Danny le voie comme ça, avec le nez qui coule et les yeux bouffis. Mais pendant un instant, leurs regards se croisèrent. Il s'était attendu à du mépris, mais Jimmy vit autre chose dans les yeux bleus de Danny. De la pitié ? De la compassion ?

Pourquoi s'en soucierait-il ?

Jimmy était exactement ce que Van et les autres gars pensaient qu'il était : un pédé, un homo, une pédale. Le genre de gars qui ne serait jamais populaire.

Les rires des joueurs s'intensifièrent.

— Partons d'ici, s'exclama Carl en tirant Jimmy vers l'entrée de la salle de musique.

— J'adore le look, Zebbie, cria Van en pointant son jean sale. On dirait qu'un chien t'a chié dessus. Mais les gars comme toi, ça aime manger de la merde, après tout, non ?

Sa gorge se serra. Il avait l'impression qu'on l'étranglait. Sa respiration était sifflante et il toussa alors que les larmes continuaient d'imprimer des sillons sur son visage. Il chercha son inhalateur par tâtonnements, la panique montant quand il réalisa qu'il l'avait laissé dans l'étui de son instrument.

— Jimmy. C'est bon. Respire.

Carl mit quelque chose dans sa main. Il fallut une minute à Jimmy pour qu'il se rende compte qu'il s'agissait de l'inhalateur en question. Il haleta et bafouilla avant de réussir à l'entourer de ses lèvres et à appuyer. Il commençait déjà à se sentir étourdi. Une minute de plus et il se serait évanoui.

Finalement, le médicament fit effet. Il inspira une goulée d'air alors que Carl lui tapait nerveusement dans le dos.

— Tu vas bien ?

Il hocha la tête, incapable de parler à travers le poids de sa honte. Il suivit Carl à travers la porte et vers la salle de musique. Des chants de « Zebbie, Zebbie, Zebbie » résonnaient dans le couloir.

Jimmy mit sa main dans sa poche. Le simple fait de toucher la lettre qu'il avait écrite des mois auparavant le ferait se sentir mieux ; peu importait qu'il ait mémorisé depuis longtemps chaque ligne qu'il avait rédigée.

Le papier avait disparu.

— Eh, ça va ? répéta Carl.

— Est-ce que tu as vu une feuille de papier ?

Son cœur pulsait dans ses oreilles. Il en avait le vertige. Ça le rendait malade.

— Une feuille ? Non.

Carl fronça les sourcils.

— C'était un devoir ?

Jimmy secoua la tête.

— Je dois la retrouver.

Il posa son instrument sur le bureau le plus proche et retourna en courant à l'extérieur, ignorant le nœud dans son ventre.

Le soleil s'était déjà couché sur le terrain de football alors que Jimmy traînait à genoux sous les gradins et à côté de la clôture, là où l'herbe n'avait pas été coupée. Il avait délivré son cœur dans cette lettre. Il avait écrit toutes les choses qu'il ne pourrait jamais dire à Danny ni même à Carl. Les larmes lui piquaient les yeux alors qu'il fouillait les piles d'emballages de bonbons et de vieux devoirs qui reposaient sous les sièges.

Rien.

— Hé.

La voix de Carl ramena Jimmy au présent.

— Il commence à faire noir. Quoi que tu cherches, je pourrai toujours t'aider à le trouver demain, qu'en dis-tu ?

Jimmy frotta ses yeux du dos de sa main et hocha la tête. Il suivit Carl jusqu'au bâtiment, l'impression qu'il avait d'être en plein naufrage ne l'ayant pas quitté. La sensation s'étendit du creux de son estomac jusqu'à ses bras et ses jambes. Il avait envie de mourir. Il avait envie de disparaître.

Alors qu'il franchissait la porte, il vit quelqu'un appuyé contre la clôture, près de l'entrée des vestiaires. Dans l'obscurité et à travers ses larmes, il n'était pas bien sûr, mais il pensa que c'était peut-être Danny.

— Jimmy ? Tu viens ? fit Carl.

— J'arrive.

Quand Jimmy regarda de nouveau, la personne avait disparu.

Chapitre Premier

GRAHAM Swann grimpa sur son vélo. Le soleil brillait déjà suffisamment haut dans le ciel pour que son short détrempé ait séché bien avant qu'il n'entre dans la course.

De la vapeur s'élevait du bitume, estompant les arbres bordant la piste. Cinq kilomètres plus tard, le fleuve Cape Fear apparut devant lui, de vifs rayons de lumière se reflétant à la surface de l'eau à travers la moiteur ambiante.

Le cycliste qui se trouvait devant lui ralentit pour avaler une gorgée d'eau. Graham le reconnut par son corps bien sculpté et les bandes turquoise sur les bords de sa combinaison. Du haut de ses trente-deux ans, l'homme dont les biceps et les mollets étaient marqués du nombre 247 était aussi âgé que lui. Ils avaient entamé la compétition dans la même vague de nageurs, mais ce premier avait terminé l'épreuve quelques minutes avant lui. Peu surprenant, compte tenu de la forte stature de l'autre homme.

Pour les quelques kilomètres qu'il leur restait à parcourir, Graham ménagea ses forces en restant derrière le 247. À plus d'une reprise, il dut se rappeler à lui-même que son but ultime était de terminer la course et non d'admirer les fesses musclées du 247. Il se mordit la joue en constatant qu'il venait de se lécher les lèvres d'un air appréciateur. Les combinaisons de triathlon ne laissaient pas beaucoup de place à l'imagination.

Le 247 était un peu plus lent que Graham, mais lors d'un triathlon d'une telle durée, tout était dans l'endurance. À quelques mètres de la mi-parcours, Graham se donna un petit coup de fouet pour le dépasser. Le 247 lui fit un signe et lui jeta un sourire éclatant qui lui recourba les doigts de pieds et lui serra la gorge. Des boucles auburn s'échappaient de son casque au niveau de la nuque, et Graham se demanda de quelle couleur pouvaient bien être les yeux se cachant sous ces verres polarisés.

Concentre-toi !

Graham pédala plus fort. Il dépassa plusieurs autres cyclistes en passant les soixante kilomètres, et le temps qu'il atteigne la prochaine transition, il avait certains des plus jeunes compétiteurs dans son champ de vision.

Il parcourut les derniers mètres jusqu'au parc à vélos, quitta ses chaussures de vélo et enfila celles destinées à la course à pied. Quelques secondes plus tard, il se mettait à marteler le goudron. La brise chaude portait une note salée, et il souhaita soudain pouvoir justifier des vacances complètes au bungalow de Terri. Considérant les nouvelles recrues qui commençaient la semaine prochaine, avec un peu de chance, les choses se calmeraient un peu au bureau.

Concentre-toi !

S'il ne parvenait pas à rester suffisamment concentré lors d'une compétition aussi minime, comment arriverait-il à s'en sortir lors d'un championnat d'Ironman ?

Avec cette pensée en tête, il réalisa que quelqu'un lui collait à présent aux baskets. Il jeta un œil derrière lui et aperçut le 247, qui exsudait l'impression qu'un 8,44 km/h n'avait rien de sérieux. Graham lui fit un signe à son tour et le 247 l'imita avant de prendre de la vitesse, se calant sur le rythme de Graham.

Fantastique.

Graham se prépara pour les banalités habituelles – serait-ce à propos de la météo ou de la dernière compétition à laquelle il avait participé ? – mais rien ne vint. Au lieu de ça, le 247 lui sourit en continuant de le suivre à la trace. Il se garda à bonne distance, ce que Graham apprécia tout particulièrement.

Alors qu'ils approchaient les vingt kilomètres, une femme courant quatre cents mètres plus haut trébucha.

Graham examina les alentours à la recherche de quelqu'un pouvant lui venir en aide, mais il n'y avait personne à portée de vue. Le 247 entama soudain un sprint qui lui coupa le souffle. Avait-ce été son intention depuis le début de lui faire mordre la poussière ? Mais au lieu de partir à la recherche d'un bénévole, le 247 courut jusqu'à la femme en question et s'agenouilla près d'elle.

Au rythme où il allait, le 247 avait été certain de se placer parmi les premiers de leur groupe d'âge. S'arrêter maintenant alors qu'il ne leur restait que quelques kilomètres avant d'entrevoir la ligne d'arrivée était du jamais-vu.

— Tout va bien ? demanda le 247. Pouvez-vous vous relever ?

La femme secoua la tête et grimaça en se massant la cheville.

— Il devrait y avoir des bénévoles un peu plus loin, informa-t-il Graham. Je vais rester avec elle. Cela vous dérange-t-il d'aller les informer de la situation ?

— Je… bien sûr que non.

Le 247 allait *rester* avec elle ? Il perdrait toute chance de gagner.

Ce n'est pas mon problème.

Toutefois, Graham l'admirait. La plupart des participants de ce type d'événements étaient des compétiteurs très sérieux. Et étant donné son niveau…

— Merci ! cria le 247 tandis que Graham les laissait derrière lui.

Il héla un volontaire huit cents mètres plus loin et lui expliqua ce qui venait de se passer avant de sprinter jusqu'à la ligne d'arrivée, toutes ses pensées tournées vers le numéro 247.

Une demi-heure plus tard, Graham était assis près de la ligne d'arrivée et se régalait d'un bagel un peu rassis et d'une banane qu'il avait récupérés sur l'une des tables de rafraîchissements. Sachant qu'il n'avait presque rien avalé avant la course, la nourriture lui paraissait tout bonnement divine. Il avait presque terminé d'avaler son fruit lorsque le 247 passa la ligne d'arrivée électronique. Il dut l'apercevoir, car il lui fit un signe de tête avant de sourire et de trottiner jusqu'à un homme plus âgé qui lui en tapa cinq et l'étreignit fermement. Son père, compte tenu de la forte ressemblance.

Le 247 retira ses lunettes de soleil et les glissa sur le haut de son crâne. Graham entrevit ses yeux étonnamment bleus et un fort sentiment de déjà-vu le saisit d'emblée. S'étaient-ils déjà croisés auparavant ? Graham eut des difficultés à se rappeler s'il l'avait déjà vu lors d'une autre compétition.

Non. Tu t'en serais souvenu.

Une autre participante le bouscula.

— Pardon, s'excusa-t-elle avant de sourire.

— Pas de problème.

Graham reporta son regard sur la ligne d'arrivée, mais le 247 avait disparu derrière une foule de supporters.

La femme s'attarda un moment, comme si elle souhaitait prendre la parole, mais parut changer d'avis et fit demi-tour. Graham poussa un soupir de soulagement. Il n'avait jamais été très à l'aise avec l'attention que lui vouaient certaines femmes – ou même certains hommes – et il était ravi de ne pas avoir à inventer une excuse pour ne pas lui parler.

Plusieurs cris s'élevèrent et on fit tinter les sonnettes alors que plusieurs compétiteurs terminaient leur course.

Il est temps d'y aller.

Graham se fraya un chemin jusqu'à la zone de transition et il s'égara sur le goût que pourraient avoir les lèvres pulpeuses du 247. Il inspira longuement, et sa combinaison se mit à l'enserrer encore plus étroitement. Il lui fallait encore s'essuyer et embarquer son vélo avant de prendre la direction de l'appartement de Terri pour pouvoir prendre une douche et faire une sieste. Plus tard dans la soirée, il prendrait la direction du centre-ville de Wilmington pour la fête en l'honneur des participants. Avec un peu de chance, le numéro 247 s'y pointerait.

Chapitre Deux

— **TROISIÈME** de ma catégorie d'âge, informa-t-il Terri, qui l'avait appelé au moment même où il s'était installé à une table.

— Tu es épatant, cria-t-elle à l'autre bout du fil. J'étais sûre que tu pouvais être médaillé si tu t'entraînais suffisamment !

— Merci. J'aurais fini quatrième si le gars qui se trouvait devant moi ne s'était pas arrêté pour aider quelqu'un.

Graham se rappela les cuisses du 247 se bandant lorsqu'il s'était agenouillé pour aider la coureuse blessée. Il jeta un coup d'œil autour de lui. Le 247 n'avait pas encore fait son entrée.

— Ça reste quand même impressionnant, affirma Terri. Tu as commencé les championnats il y a quelques années seulement. La quatrième place aurait déjà été un exploit. Quand comptes-tu revenir sur Raleigh ?

— Demain dans la journée.

— Graham, nous en avons déjà parlé. Tu avais dit que tu resterais un peu sur place. Je n'utilise pas mon appartement en semaine, et ça fait plus d'un an que tu n'as pas pris de congés.

— Les nouvelles recrues arrivent lundi, rétorqua-t-il. Même si ça ne me plaît pas, il faut que je sois là pour les accueillir. Il me semble me rappeler que tu m'as remonté les bretelles la dernière fois que je n'y étais pas.

— Tu vas me faire pleurer, s'exclama-t-elle. Tu m'écoutes pour une fois.

— Même pas.

— N'empêche, tu as bien mérité des vacances. Je suis sûre que cela ne les dérangera pas de te rencontrer seulement la semaine pro…

— Merci d'avoir rempli le frigo, l'interrompit-il.

Elle soupira de manière théâtrale.

— De rien. N'oublie pas de ramener les restes chez toi pour que Mme Martin n'ait pas à décontaminer l'endroit.

— Entendu. Pas de décontamination au planning.

Quelqu'un non loin éclata de rire.

— Je devrais y aller. Il y a de la bière et de la pizza gratuite à la carte et je meurs de faim.

Elle poussa un soupir.

— Profite bien. Et amuse-toi un peu pour changer.

— Je ne vais pas me gêner.

Il mentait. En général, il se contentait de se servir quelques parts d'une pizza toute ramollie et les faisait passer avec plusieurs bières avant de rentrer chez lui.

— On se voit lundi, dit-elle.

— À lundi.

Il tapota son téléphone et le posa sur la table.

— Cette place est-elle prise ?

Graham se plaisait à la solitude, aussi chercha-t-il une excuse pour battre en retraite.

— Malheureusement…

Il leva les yeux et se figea. Le 247 lui souriait.

Son rythme cardiaque décolla, tel un coureur au coup d'envoi.

— Elle l'est à présent.

Il montra la chaise à côté de la sienne de la main en dissimulant de son mieux combien il était enchanté de revoir l'homme en question – il avait appris, il y a un bon paquet d'années, qu'il valait toujours mieux rester impassible.

Le 247 s'installa et leva la bière qu'il tenait en main. Graham attrapa la sienne.

— À une belle course, déclara le 247.

— Une belle course.

— Je m'appelle Dan.

Le 247 tendit la main. Sa prise était chaleureuse, ferme et dura juste le temps qu'il fallait pour que Graham comprenne que Dan était, lui aussi, intéressé.

— Graham.

— Ravi de pouvoir enfin te rencontrer.

Le sourire de Dan était enthousiaste et attrayant. Presque familier.

— De même.

Dan avala une longue gorgée de sa bière.

— Nous sommes-nous déjà rencontrés ? demanda Graham, sa curiosité prenant le dessus. Peut-être lors d'une autre compétition ?

— Je ne crois pas, répondit Dan, ses orbes bleus brillant de gaieté. C'est ma première dans le coin. Et je pense que je me serais souvenu de toi.

Il avait beau ne pas avoir la meilleure mémoire qui soit, cette réponse lui suffit amplement.

— Comment se porte celle que tu as aidée ?

— Elle ira vite mieux. Ce n'était pas une très grosse entorse.

Il haussa les épaules.

— Elle a juste fait un mauvais pas. C'est dommage, n'empêche. Elle aurait certainement fini première de son groupe.

— Et tu m'aurais battu sans aucun problème, pointa Graham. C'était vraiment gentil de ta part de lui venir en aide.

— Ce n'est rien. Je ne participe pas vraiment pour gagner. J'aime à penser que si ça avait été moi, quelqu'un se serait arrêté.

Graham considéra ses mots. Il aurait certainement informé l'un des bénévoles, mais il était presque sûr qu'il ne se serait pas arrêté, ni pour elle ni pour Dan.

— Ça n'est pas ta première course, si je comprends bien.

Dan hocha la tête.

— J'en fais depuis l'université. Je suis allé jusqu'à l'Ironman il y a quelques années, mais je préfère les courses un peu plus courtes. Et toi ?

— J'ai une amie qui en faisait en compétition, expliqua Graham. C'est elle qui m'a dit que je devrais essayer le triathlon. Il m'a fallu quelques années pour avoir le niveau en natation, mais j'ai fait ma première course il y a bien trois ans et demi. J'espère pouvoir faire un Ironman à la prochaine saison.

— Pas mal.

— Pas vraiment, admit Graham. J'ai beaucoup de mal à trouver du temps pour m'entraîner.

— Je connais ça. Ces jours-ci, si j'arrive à y consacrer un peu de temps, c'est seulement à l'aube, mais la plupart du temps, je suis relégué au vélo d'appartement que je garde à la cave.

Graham pouffa.

— Même chose.

Au moins, la salle de sport de son bâtiment avait une vue magnifique sur le centre de Raleigh. Il avait vu plus d'un lever de soleil depuis celle-ci.

— On dit que la marque d'un vrai triathlète, c'est de porter sa combi sous son costume pour pouvoir s'entraîner dès qu'on a une minute de temps libre.

— Ça et le joli bronzage qui commence là où ton short s'arrête.

Graham éclata de rire et secoua la tête.

— Mais ça en vaut la peine. Parce qu'en fin de compte, on peut s'empiffrer d'une bonne vieille pizza et boire de la bière pas chère.

Dan leva sa bouteille, l'agitant d'avant en arrière avant de la reposer.

— Je vais aller m'en reprendre une.

— Je connais un endroit avec de la bonne bière et certaines des meilleures huîtres de la ville, s'exclama Graham.

Les célébrations commençaient déjà à se calmer et une énième Bud ne lui disait rien de bon.

— J'en suis.

Dan colla sa cuisse à celle de Graham et ce dernier se délecta de cette pression enivrante. Il remua sur sa chaise pour accommoder son érection. Dan était de toute évidence prêt à aller plus loin que quelques bières. Trouver quelqu'un lors d'une course, c'était bien une première pour lui.

Ils quittèrent le bar et s'engagèrent sur Front Street. La brise fraîche leur provenant depuis le fleuve caressa leurs joues sur trois pâtés de maisons jusqu'à ce qu'ils atteignent Randy's Sea Dog. L'endroit était plein à craquer, mais ils parvinrent tout de même à trouver une place à l'étage, près de la fenêtre. C'était pour le moins étroit, surtout pour deux hommes de leur taille, mais la sensation du corps de Dan pressé au sien rendait les choses bien plus intéressantes.

— Que me recommanderais-tu ? demanda Dan, une fois que le serveur eut noté leurs choix de boissons.

— Les huîtres du coin sont délicieuses et les crevettes sont à tomber. Elles viennent aussi d'ici.

— Ça m'a l'air bien.

Dan incurva ses lèvres autour d'une huître, et ses yeux brillèrent d'une lueur espiègle tandis qu'il l'avalait malicieusement. Il se lécha les lèvres et croisa le regard de Graham. À chaque bouchée, ce dernier ne pouvait s'empêcher d'imaginer ce que cette attirante bouche pourrait lui faire s'ils étaient seuls et débarrassés de toutes barrières.

Deux heures plus tard, après avoir dévoré quelques bons kilos de crevettes et s'être rafraîchis avec plusieurs bières, ils embarquèrent sur River Walk. Le fleuve Cape Fear était sombre et calme alors qu'ils observaient le cuirassé *North Carolina* depuis la rive opposée.

— C'est bien plus imposant une fois la nuit tombée, nota Dan. Mon arrière-grand-père a servi pendant la Seconde Guerre mondiale à bord d'un navire de ce type. Pour ma part, je n'ai jamais embarqué sur plus grand qu'un Sunfish.

— C'était une autre époque.

Et Dieu merci pour ça, car Dan s'empressa de se pencher pour lui arracher un baiser qui ne serait certainement pas passé dans les années 40, du moins, pas en public. Graham plaça ses mains sur les hanches de Dan et le tira contre lui, explorant sa bouche de sa langue. Dan glissa ses mains sur ses fesses et les palpa, et il récolta un gémissement de plaisir de Graham.

Une fois le baiser rompu, leurs respirations se firent haletantes. Dan intercala sa cuisse entre les jambes de l'autre homme, épinglant sa verge sur place. Graham passa ses mains sous le haut de Dan et effleura de ses doigts les aspérités de son abdomen, avant de monter un peu plus haut, où il vint pincer l'un de ses mamelons érigés, le faisant rouler entre son pouce et son index.

— Oh, bordel ! siffla Dan.

Le rire de Graham fit écho contre l'un des bâtiments, et il retira sa main.

— J'ai un appartement sur la plage, confia-t-il contre la nuque de Dan. Peut-être vaudrait-il mieux y passer l'*after* de notre *after*.

Dan rit avant d'acquiescer.

— Je suis pour.

Ils marchèrent en silence jusqu'au parking qui jouxtait l'endroit où s'étaient déroulées les célébrations.

LES portes de l'ascenseur se refermèrent, et Graham poussa Dan contre la paroi, posant immédiatement une main sur son derrière. Les retours de bâton faisaient partie du jeu, après tout.

— Tu es garé à quel étage ? demanda Dan dans un sourire.

— Au dernier.

Graham était tenté de suggérer qu'ils se contentent de faire des aller-retour d'ascenseur, mais il entendit une porte se clore et il décida que sa voiture serait plus appropriée, et surtout plus intime, pour de telles activités. Il appuya sur le bouton du quatrième et l'ascenseur entama son ascension. Graham s'appuya contre les portes et malaxa les fesses de Dan tandis que celui-ci se mettait à déboutonner sa chemise.

L'ascenseur fit halte, et ils titubèrent à l'extérieur en riant.

— Je suppose que c'est celle-là, fit Dan en pointant la seule voiture garée au dernier étage.

Graham hocha la tête et, quelques secondes plus tard, ouvrit la portière côté conducteur. Il ajusta les sièges en les repoussant autant qu'il le pouvait.

— C'est un peu étroit, admit-il.

Dan lui adressa un grand sourire.

— Il y a bien assez de place pour ce que j'ai prévu.

Il libéra la chemise de Graham afin de pouvoir complètement la déboutonner.

— On pourrait avoir de *très* gros problèmes à cause de ça, tu sais ?

Dan ne paraissait pas plus inquiet que ça. Et compte tenu de l'heure et de la solitude dont ils profitaient à cet étage, la probabilité pour qu'on les aperçoive était proche de zéro. Pourtant, savoir qu'il était possible qu'on puisse les trouver à tout moment ne fit que renforcer l'appétit de Graham.

Dan l'installa sur l'un des sièges, puis entreprit d'ouvrir la portière côté passager avant de se pencher.

— Pas mal, ce cuir, remarqua-t-il alors qu'il s'attelait à déboucler la ceinture de son jean pour le lui retirer. Et un point bonus pour la transmission à double embrayage. Plus besoin de levier de vitesse.

Le rire de Graham tourna au gémissement lorsque Dan porta ses lèvres sur le tissu de son boxer, retraçant le contour de son membre.

— Putain ! s'exclama Graham lorsque Dan malaxa ses testicules.

Dan releva les yeux vers lui et se mordit la lèvre en le délestant de son sous-vêtement. Il le prit en bouche.

— Oui.

Pourquoi ne lui était-il jamais venu à l'esprit que ce pouvait être un bon moyen de décompresser après une course ?

Une légère sonnerie ramena Graham à la réalité. Ce n'était pas la sienne.

— Ils laisseront un message, déclara Dan avant de reprendre là où il s'était arrêté.

Graham ferma les yeux tandis que Dan le dévorait, râpant doucement ses dents sur la peau sensible. Il se mit à sucer, remontant jusqu'au bout jusqu'à ce qu'il n'ait plus que son gland en bouche, puis entama de nouveau sa descente.

Mince alors.

Lorsqu'il se tendit pour attirer la bouche chaude de Dan encore plus près, les courbatures dont il souffrait passèrent au second plan. Demain, il prendrait un bain de plusieurs heures chez Terri. Pour le moment, le plaisir était bien trop intense pour qu'il ne se plaigne de ses muscles endoloris.

— Merde ! Ta bouche est fantastique, admit Graham entre grognements et halètements.

Il était si proche, *si proche* qu'il pouvait presque…

Le téléphone de Dan sonna de nouveau, et il se redressa.

— Graham, je suis vraiment désolé. Je ne sais pas quelle est l'urgence, mais ça doit l'être.

Graham serra les dents et ravala une forte envie de claquer son front contre la portière.

— Allô ? fit Dan. Non. Pas de problème… Non. Non, je comprends, trésor. Je reviens aussi vite que possible…

La voix de Dan passa de compréhensive à neutre tandis que la conversation téléphonique avançait.

— Oui. Je suis vraiment désolé. Je n'avais pas vu ton appel. Il y a beaucoup de bruits dans ce restaurant. Désolé de t'avoir fait attendre.

Il appuya sur son téléphone et le rangea avant de reporter son attention sur Graham, les lèvres pincées.

— Tu ne peux pas savoir combien je suis désolé.

Pas plus que je ne le suis.

Graham ravala un soupir et enfila son boxer puis son jean. Une si belle nuit qui s'achèverait d'une douche froide ou de sa main.

Fabuleux.

— Je ne m'attendais vraiment pas à…

— Ce n'est rien.

Plus vite il en finirait avec cette histoire, mieux ce serait.

— Ce genre de choses arrive.

Comme l'épouse ou la petite amie qui t'attend de toute évidence à l'hôtel.

En général, ça ne l'aurait pas affecté plus que cela – il ne demandait jamais à ses coups d'un soir leur statut familial, à moins qu'il n'aperçoive une bague – mais répondre à un appel alors que tu tailles une pipe à un gars ? Inadmissible. Graham ne tolérait pas l'infidélité.

— Tu es plus indulgent que je ne le serais, soupira Dan. Je suis vraiment désolé.

Il fouilla une de ses poches et en tira une carte.

— J'emménage à Raleigh. Si tu passes par là un jour, n'hésite pas à me contacter.

Graham n'avait aucune intention de revoir Dan, néanmoins, il s'empara tout de même de la carte.

— Merci.

Dan passa une main dans ses cheveux ébouriffés, se figea pendant quelques secondes, puis commença à partir en direction des ascenseurs.

— Veux-tu que je te dépose quelque part ? demanda Graham, sachant parfaitement qu'il ne devrait pas être aussi accommodant envers un gars qui venait de lui faire une Cendrillon, mais incapable de s'en empêcher.

— Je séjourne au Hilton. Mais merci quand même.

Dan pointa l'hôtel de l'autre côté de la rue.

— Je suis vraiment désolé, répéta-t-il.

Graham fit un signe à Dan tandis que celui-ci disparaissait dans l'ascenseur. Il sortit la carte de sa poche et la froissa dans son poing avant de la jeter à la poubelle.

Chapitre Trois

DAN Parker n'était jamais en retard. Pourtant, il s'agissait de son premier jour de travail et il avait déjà raté son rendez-vous avec les ressources humaines d'une bonne cinquantaine de minutes. La chemise collant à son dos et les cheveux légèrement trop longs, parce qu'il n'avait pas le temps nécessaire pour passer chez le coiffeur, et qui lui donnaient une impression poisseuse sur la nuque, il suivit l'adjoint administratif jusqu'à la salle de réunion.

Il aurait dû accepter l'offre de ses parents et les autoriser à rester quelques jours sur Raleigh pendant que Lacey et lui s'installaient, mais il n'avait pas voulu les déranger. Ils avaient déjà dû rejoindre Wilmington pour veiller sur Lacey afin qu'il puisse participer à ce triathlon. Ils ne se faisaient plus tout jeunes, et il n'avait aucune envie de les voir courir après une enfant de quatre ans.

— Je suis désolée, lui avait dit Carly, sa baby-sitter, lorsqu'elle l'avait appelé à cinq heures du matin avec une voix de revenant. Ma belle-sœur qui habite à Durham peut s'occuper de Lacey aujourd'hui, si vous voulez.

Il avait conduit une Lacey somnolente jusqu'à Durham pour sept heures, mais la route pour retourner sur Raleigh passait près d'une deux voies en travaux. Il avait tenté de rester concentré sur la musique qui passait à la radio, mais à chaque minute qui passait, il s'était demandé s'il avait fait une erreur en acceptant le job que Terri lui avait offert. Peut-être aurait-il dû prendre le temps de s'installer avant de commencer à bosser. En l'état, il n'avait eu qu'une semaine pour emménager dans son nouvel appartement et inscrire Lacey à la garderie. Il ne voulait même pas repenser à la pile de cartons qui l'attendait à la maison.

— Ne vous en faites pas, monsieur Parker, l'avait rassuré Carol des ressources humaines lorsqu'il l'avait appelée dans la voiture. Nous pouvons nous occuper des papiers après la réunion avec les partenaires.

L'adjointe tint la porte de la salle de réunion pour lui, jetant un regard nerveux en direction d'un homme élégant dans un costume parfaitement sur mesure. Il était appuyé contre un meuble et encerclé par une horde de jeunes hommes et de jeunes femmes habillés convenablement. Avec ses boucles brunes, l'angle net de sa mâchoire et ses yeux vert intense, c'était comme s'il sortait tout droit de la publicité d'un designer italien de haut de gamme. Son expression rappelait à Dan celle d'une statue de marbre : belle et impénétrable. Et *familière*.

Bordel de merde !

C'était Graham, le coup d'un soir qu'il s'était trouvé deux jours plus tôt !

Rien ne se passe comme prévu.

Il s'était senti comme un véritable enfoiré de l'avoir laissé dans cet état. Mais Lacey s'était mise à vomir et l'entendre sangloter au téléphone comme ça… Il avait été amadoué au point de ne pas mentionner que cela devait certainement être dû à l'énorme barbe à papa que ses parents lui avaient achetée, sans oublier les ailes de poulet frit et le milk-shake qu'elle avait dévoré au déjeuner.

L'adjointe marmonna quelque chose à Dan qu'il n'entendit pas, attendit qu'il entre et referma la porte. Graham ne tenta pas de l'approcher, mais Dan aperçut tout de même un éclair de reconnaissance dans ses magnifiques yeux verts.

Mieux vaut maintenant que plus tard. Ce n'est pas près de s'améliorer, de toute manière…

Dan était sur le point de se présenter et de s'excuser pour son retard lorsque quelqu'un à côté de lui s'exclama :

— Dan, c'est bon de t'avoir parmi nous.

— Terri.

Dan serra sa main, soulagé de voir le visage familier de Terri James.

— Je suis content de te revoir. Désolé pour le retard.

— Pas de ça, déclara Terri. Ça arrive aux meilleurs d'entre nous. Je suis ravie que tu aies pris le parti de nous rejoindre.

Son sourire était amical et radieux, exactement le même qu'en fac de droit. Il commença à se détendre.

— Laisse-moi te présenter à mon associé et meilleur ami.

Elle montra Graham d'un geste de la main.

— Graham, voici Dan Parker. Dan, je te présente Graham Swann.

— Enchanté, Graham, entreprit Dan en lui tendant la main.

Dans ce genre de situation, la discrétion demeurait la meilleure approche. Si Graham voulait reconnaître l'incident en question, il en aurait amplement l'opportunité. Et quelles étaient les chances pour que l'attrayant Graham au derrière en béton soit en fait Graham Swann ? L'homme avait une certaine réputation en Caroline du Nord ; sorti premier de sa promotion de l'école de droit de l'université de Vanderbilt, 4,3 millions de dollars de dommages obtenus lors de son premier job sur une affaire de discrimination et fondateur de l'un des meilleurs cabinets en droit des entreprises du sud-est avec ses honoraires. Tant d'exploits pour un homme de seulement trente-deux ans, tout comme Dan.

Dans sa bio, il n'a pas mentionné qu'il était triathlète.

Le visage de Graham resta impassible tandis qu'ils se serraient la main, mais Dan pouvait sentir qu'il était plus qu'irrité par la situation. Il était furieux. Non pas qu'il puisse le lui reprocher, mais…

— J'ai une réunion, lança Graham en direction de Terri. Je te laisse t'occuper du reste des présentations.

— Ravi de te connaître… commença Dan, mais Graham avait déjà fait volte-face pour prendre le chemin de la porte. J'ai peur de ne pas avoir fait bonne impression.

Il soupira.

Il y avait peu de chances pour que quelques banalités l'aident à oublier *cette* première impression.

— Ne fais pas attention à lui, l'informa Terri d'un geste vague de la main. L'irascibilité est naturelle chez lui, et ça n'a fait que s'empirer ces derniers jours. Nous croulons sous le travail et c'est lui qui en fait les frais.

Ça fait deux semaines qu'il n'est pas rentré avant minuit. Je suis sûre qu'il sera de meilleure humeur lorsque les nouveaux et toi serez opérationnels.

— Je n'en doute pas, mentit Dan.

— L'emménagement se passe comme tu le souhaites ? demanda Terri.

— En principe, j'aurais dû démarrer sur les chapeaux de roue, mais déménager avec une enfant de quatre ans est un vrai challenge, répondit-il.

— Mes condoléances pour Benn, dit-elle. Comment Lacey et toi vous portez-vous ?

— Lorsque nous l'avons adoptée avec Benn, je ne pensais pas que je finirais veuf et père célibataire avant même qu'elle n'atteigne ses deux ans, répondit Dan. Mais ça va. Les dernières années ont été un peu stressantes, mais il y a eu plein de moments fabuleux aussi.

Néanmoins, Lacey et lui ne pouvaient pas continuer à vivre comme ça. Entre le travail et les déplacements, il ne leur restait pas une minute à passer ensemble. Il avait sauté sur ce job, bien que cela l'ait forcé à céder ses parts sur Wall Street dans l'entreprise dans laquelle il avait travaillé depuis qu'il était sorti diplômé de fac de droit.

— Cela me rassure. N'hésite pas à me dire s'il y a quoi que ce soit que je puisse faire pour aider, d'accord ?

Il lui sourit.

— Merci. L'agence immobilière et les services de déménagement que tu m'as conseillés m'ont déjà rendu la tâche plus facile.

— Tes parents vivent à la montagne, si je ne m'abuse ?

— Près d'Asheville, confirma-t-il.

— Graham habitait dans le coin, lui aussi. Il a un super logis près de Blue Ridge Parkway qui prend la poussière… et c'est à toi de tout faire pour alléger la charge.

— Tu m'as dit que vous aviez plusieurs affaires dont la date du procès approche, je me trompe ? fit remarquer Dan. Y a-t-il des cas intéressants ?

— Il se peut que ce soit le cas. Graham t'en parlera mieux que moi, comme c'est sa spécialité, expliqua-t-elle. Il s'occupe des affaires du travail. Les conflits internes, les procédures d'arbitrage et la prévention, c'est plus ma tasse de thé. Il arrive que cela se chevauche, et certains de nos associés peuvent s'occuper des deux à la fois, mais en général, nous préférons rester séparés. Si un jour tu veux rejoindre le côté obscur de la Force, fais-le-moi savoir. Je me ferai un plaisir de t'apprendre les ficelles du métier.

— Je te prendrai au mot quand j'aurai eu le temps de m'installer. Pour le moment, il me tarde de passer moins de temps à examiner des documents et un peu plus sur le terrain.

— Tu vas être exaucé. Tu vois cette marmaille là-bas (elle pointa un groupe d'avocats tout juste sorti de l'école qui se préparait des cafés en mangeant des donuts de chez Krispy Kreme et en admirant la ville en contrebas.), ils vont s'occuper d'une bonne partie de la prospection pour l'équipe de Graham. Et nous avons un nouveau parajuriste qui commence la semaine prochaine.

— Le paradis.

Son téléphone bipa.

— Mince. J'ai mon call avec le délégué syndical dans cinq minutes. Est-ce que tu parviendras à retrouver le chemin des ressources humaines ? Ils ont des papiers à te faire signer.

— Pas de problème. Je trouverai bien.

— Un verre après le travail, ça te dit ? demanda-t-elle.

— J'aimerais bien, mais je dois récupérer Lacey chez sa baby-sitter.

Il sourit.

— Lorsque j'aurai tout arrangé avec la garderie, je te ferai signe.

— Marché conclu. Et nous pouvons toujours déjeuner ensemble, ajouta-t-elle.

— Un déjeuner me dit bien.

— Je t'enverrai un texto.

Elle se dirigea vers la porte.

— Et n'hésite pas à venir me voir si tu as besoin de quoi que ce soit.

— Je le ferai. Merci.

Une heure plus tard, après avoir rempli toute une pile de formulaires pour le RH, Dan referma la porte de son nouveau bureau et inspira profondément. Après trois ans à voir Lacey tomber de sommeil à 19 h sur le chemin de retour de la garderie alors qu'il aurait déjà dû être en train de la border, il était certain d'avoir fait le bon choix. Maintenant, il ne restait plus qu'à convaincre M. Je-suis-Grand-Ténébreux-Super-sexy-et-Vraiment-furieux que *l'avoir embauché* avait été une sage décision…

Chapitre Quatre

GRAHAM s'installa derrière son bureau et se frotta le menton.

Pas croyable.

Son désastreux coup d'un soir s'avérait être l'une de leurs nouvelles recrues ? Au moins, Dan avait eu la politesse de ne pas faire mention de leur rencontre à Wilmington. Graham n'avait aucune envie d'avoir à répondre aux interrogations de Terri.

Et pour couronner le tout, Dan était arrivé en retard à sa première réunion. Graham pouvait peut-être laisser passer la fuite de Dan, mais il s'attendait à mieux de la part de ses collègues. Il ne bossait pas comme un acharné pour que d'autres puissent se la couler douce. Il voulait travailler avec un bosseur qui arrivait là où on l'attendait à l'heure convenue. Il voulait travailler avec quelqu'un qui lui soit similaire. Dan devrait s'adapter ou il risquait de prendre la porte. Graham mettrait le règlement au clair avec lui et tant qu'il s'y tiendrait, tout se passerait comme sur des roulettes. Et si la femme que Dan gardait à la maison se présentait au pique-nique annuel, Graham la jouerait fair-play. La discrétion allait bien dans les deux sens. Terri et lui avaient besoin d'un bon négociateur au profil avenant. L'expérience de Dan en faisait le parfait candidat – du moins, sur le papier.

Nous faisons des affaires. Tout ça, ce n'est qu'une question d'argent.

Quelqu'un frappa à la porte de son bureau.

— Entrez.

Graham leva les yeux de sa pile de paperasse vers Dan qui lui offrit un sourire incertain. Ses cheveux auburn en bataille lui donnaient un air confiant et décontracté. Il était au moins aussi beau dans son costume sur mesure que dans sa combinaison de triathlon. Ses yeux bleus brillaient d'intelligence et de détermination.

Son charme lui a probablement ouvert toutes les portes.

— Je m'excuse pour ce matin, déclara Dan sans hésiter.

Graham attendit qu'il se justifie, mais Dan ne pipa pas un mot de plus. Une plaisante surprise.

— Assieds-toi.

Graham montra la chaise devant son bureau et tenta d'oublier combien le pantalon de Dan moulait ses cuisses lorsqu'il se fut assis.

— Merci.

Dan sembla considérer ses paroles avant d'ajouter :

— Je suis vraiment désolé pour samedi dernier. J'ai l'impression de commencer avec deux malus.

Graham se crispa.

— Les choses auraient pu mieux tourner.

Il lissa son expression. Il se fichait bien de savoir si Dan l'appréciait ou non, mais Terri le vénérait en tout point. Pour elle, Graham voulait bien jouer le jeu. Peut-être parviendrait-il bientôt à lui trouver un remplaçant afin qu'il puisse aller travailler avec Terri à la place.

— Le bureau te convient-il ?

Dan haussa un sourcil, visiblement surpris. Pensait-il que Graham allait lui reprocher la douche froide ?

— Absolument. La vue est magnifique.

— Bien.

Graham ravala un éclair de fierté en prétendant examiner quelque chose d'important sur son ordinateur. Socialiser avec de nouvelles personnes faisait partie des risques du métier, mais c'était tout de même quelque chose qui le rendait toujours très mal à l'aise. Les compliments étaient encore plus traîtres. Et étant donné que leur relation avait bien failli devenir plus qu'intime, Graham se sentait d'autant plus enclin à garder ses distances.

— J'ai épluché le dossier décisionnel de la quatrième circonscription sur l'affaire Weldon et Denton.

Dan croisa les jambes, l'air parfaitement dans son élément. Ses yeux bleus étaient amicaux et brillaient d'une confiance discrète.

— Bon boulot.

— Merci.

Weldon, une affaire de protection de lanceurs d'alerte qui s'était achevée sur une victoire bien méritée.

— Nous choisissons nos affaires avec le plus grand soin.

Graham pouvait flatter son instinct. Il pouvait également vanter la capacité de son cabinet à toujours obtenir une compensation pour ses clients, même lorsque l'affaire n'était pas si importante.

Quelques secondes de silence passèrent. Graham n'avait aucune intention de le combler avec de vaines banalités. Il lui fallait également un moment pour calmer les papillons qui s'agitaient dans son ventre. Il avait travaillé aux côtés d'un bon nombre d'hommes séduisants au cours des années. Pourquoi celui-ci en particulier parvenait-il à le mettre dans un tel état ?

— Terri me dit que tu viens du même coin que moi, fit remarquer Dan en s'appuyant contre le dos de sa chaise.

Graham croisa son regard. L'envie de se dandiner sur son siège passa, et il reprit le contrôle.

— Oh ? Où cela, exactement ?

Il s'assurait toujours de ne pas trop en révéler sur lui-même. Même Terri, qu'il avait rencontrée lorsqu'ils étaient tout deux en prépa en vue de passer l'examen du barreau du Tennessee, ne savait pas grand-chose de lui.

— Carletonville. Mes parents y vivent encore.

Dan pouffa.

— Encore aujourd'hui, ils vont toujours assister aux matchs de foot à Merrill High.

Graham prétendit que ce nom n'avait pas formé une boule au fond de sa gorge. Sa nuque se fit à la fois glacée et moite.

— Charmant, dit-il d'une voix calme. Y jouais-tu ?

— Autrefois. C'était il y a longtemps, répondit Dan dans un soupir avant de secouer la tête. C'était une autre vie.

— Je vois.

Graham jeta un œil à sa montre. Il devait mettre fin à cet interrogatoire avant de perdre ses moyens.

Heureusement, Dan reçut un texto et se leva de lui-même.

— Je te dérange certainement. Nous trouverons le temps de discuter à un autre moment.

— Mon assistant nous calera quelques heures pour préparer notre stratégie demain matin.

Graham lui sourit et ajouta :

— Content de t'avoir à bord.

— Encore merci.

Graham observa Dan partir tout en ravalant le malaise qu'il ressentait. Il referma la porte derrière lui et laissa échapper un long soupir. Comment avait-il pu manquer ça ?

L'invincible Danny Parker. Nommé quarterback de l'année, excellant dans toute la Caroline du Nord. Celui qui avait obtenu une bourse de la NCAA après avoir intégré l'All-America de Caroline en tant que quarterback. L'un des favoris des professionnels jusqu'à ce qu'il se déchire le ligament croisé antérieur lors de sa dernière année et qu'il doive quitter le terrain.

Graham pensait avoir oublié ce qu'on ressentait lorsqu'on se retrouvait avachi dans la boue tandis que la moitié de l'équipe de foot vous riait à la figure, mais il s'était trompé. Ses souvenirs lui revinrent en pleine face, tout comme la douleur et l'humiliation d'il y a quinze ans.

Il avait quitté l'équipe le jour suivant. Lorsque sa mère s'était remariée en juin, ils avaient déménagé à Memphis et il avait adopté le nom de famille de son beau-père. Il avait grandi d'une bonne vingtaine de centimètres lors de sa dernière année. Ainsi, il avait laissé le lycée et l'enfant dodu qu'il avait été derrière lui. À l'université, il avait appris qu'il ne souffrait pas du tout d'asthme – il avait été allergique à la moisissure qui avait pris dans l'appartement dans lequel il vivait avec sa mère à Carletonville. Il avait repris le sport. Son colocataire lui avait appris à jouer au squash, et il avait pris pour habitude de faire des joggings réguliers. Ses muscles avaient pris forme, et il avait appris à imiter la manière dont les gens les plus populaires s'habillaient. Il avait ensuite été accepté dans une grande faculté de droit et n'avait plus jamais regardé en arrière.

Quinze ans plus tôt, Jimmy Zebulon, le gamin potelé au visage couvert d'acné avait quitté Carletonville pour ne jamais y revenir. Jimmy avait changé de vie. Il avait banni de son esprit les souvenirs et la honte éprouvée. Il s'en était sorti comme un chef.

Jusqu'à aujourd'hui.

Tu n'es plus cet enfant.

Il ne le serait plus jamais. Il prendrait sur lui et il ferait son travail. Il n'en attendait pas moins des personnes qu'il avait engagées, après tout. Si Dan Parker était aussi doué que le clamait Terri, ils feraient une fine équipe. Dan n'avait pas besoin de savoir que ce gamin pathétique l'avait cru différent des autres. Daniel Parker n'était pas différent des autres. Il n'était qu'une de ces superstars du lycée parmi tant d'autres qui avaient terminé avec une vie normale et un job banal.

Comme le reste d'entre nous.

Graham attrapa la bouteille d'eau qui se trouvait sur son bureau et en avala la moitié en quelques gorgées.

Détends-toi. Oublie tout.

Ses mains tremblaient.

Bordel !

Ce n'était pas seulement parce que Dan et lui avaient presque fini dans un lit ensemble… Il venait juste d'embaucher le gars qui était à l'épicentre de la pire année de sa vie ! L'année où il avait réalisé son homosexualité. L'année où il avait eu son premier coup de cœur. L'année qu'il n'avait que récemment commencé à effacer de sa mémoire.

L'année où James Graham Zebulon avait cessé d'exister pour laisser place à J. Graham Swann.

Chapitre Cinq

DAN inspira profondément avant de frapper à la porte de Graham. Après la piètre première impression qu'il avait donnée en arrivant en retard hier matin, Dan ne s'était pas attendu à ce qu'aujourd'hui, il se la joue gentil flic. Néanmoins, il n'avait pas non plus prévu la froideur contrôlée qui semblait exsuder de sa personne. En y pensant, tout ami de Terri aurait dû être aussi ouvert et chaleureux qu'elle l'était.

— Entrez.

La voix autoritaire de Graham ne laissait place qu'aux affaires de travail.

Au lieu de s'adoucir comme l'avait promis Terri, le comportement de Graham ressemblait davantage au Minnesota en plein hiver. Son appréciation du bureau de ce dernier n'avait pas changé depuis la dernière fois : il s'agissait de la *Forteresse de Solitude* de cuir et de chrome typé Superman. Sophistiqué, mais n'offrant aucune information sur l'homme lui-même. Pas de photo de famille sur son bureau. Rien de bien personnel. De la froideur se dégageait même du tableau accroché au mur.

Et Graham était bien assez séduisant pour jouer le rôle de Superman.

Quelle différence cela peut-il faire, de toute manière ?

Il n'avait jamais eu l'intention de sortir avec son patron. Et après avoir laissé Graham dans un tel état dans le parking, toutes éventuelles possibilités avaient été réduites à néant, à présent.

— Nous sommes toujours bons pour cette réunion ? demanda Dan en entrant.

— Et pourquoi ne le serions-nous pas ?

Si ce n'est pour son sourcil haussé, le reste de son visage était vide de toute émotion.

Se familiariser progressivement à l'environnement ? Tu parles.

Dan offrit un sourire à l'autre homme qui ne le lui rendit pas. Il avait suffisamment d'expérience pour ne pas avoir besoin qu'on le materne. Il avait fait face à bien des avocats similaires à Graham à New York. Il avait espéré que ce soit différent en Caroline du Nord, mais il y était habitué.

Graham s'empara d'une pile de dossiers sur son bureau et fit un geste de tête en direction de la table ronde près de la fenêtre.

— Assieds-toi.

— Merci.

Dan s'installa.

Graham déposa les dossiers au milieu de la table et rejoignit Dan.

— *Benson* contre *Crane SARL*, présenta Graham sans préambule. Une discrimination sur l'âge rapportée par un dénonciateur. Il s'agirait d'une compagnie qui vend des pièces d'avion. Notre client a cinquante-neuf ans. L'entreprise aurait de sérieux problèmes financiers. Le client affirme avoir fait part de problèmes de sécurité à son employeur, en vain.

— Et les choses se sont envenimées ? proposa Dan.

— Et ils l'ont licencié, expliqua Graham. Il a pas mal de preuves sous la main. Des discussions avec la direction générale et le RH. Tout a été documenté.

La voix de Graham vibrait d'une note de passion.

— A-t-on un arrangement ?

— Je travaille dessus, mais un avis extérieur pourrait m'être utile pour voir les choses sous un nouvel angle, raconta Graham. Ils restent très évasifs avec moi.

Dan était soulagé de le lui entendre dire. Si Graham avait conscience de ses propres limites, peut-être que leur duo n'était pas perdu d'avance et qu'ils pourraient former une véritable équipe de choc.

— Quelle était leur dernière offre ? demanda-t-il.

— Cinquante mille. Et c'est bien dix mille de plus. Nous demandons en plus cinq cents de dommages, ainsi qu'un rappel de salaire. Et notre client recevra au moins la moitié de ça, je ne reviendrai pas sur ce point.

Graham tapota le dossier marqué « Correspondances ».

— Ils attendent de voir qui cédera le premier.

— Ce n'est pas ma première fois avec cet avocat, l'informa Graham en acquiesçant. Il y a plus de plaintes contre lui que je pourrais en compter. Il est toujours parvenu à s'en sortir jusque-là.

— Que clame l'opposition ?

Les yeux de Graham se plissèrent.

— Il y aurait un témoin qui pourrait affirmer que notre gars a volé des biens appartenant à la société en question.

— Un faux témoignage ? réagit Dan.

— Nous n'avons pas encore été en mesure de la retrouver. L'adresse qu'ils nous ont fournie mène à un appartement à Charlotte, mais le propriétaire dit qu'elle a déménagé quelques semaines plus tôt sans laisser d'adresse. Ils essaient de la retrouver, du moins, c'est qu'ils affirment.

Le témoin ne devait même pas exister, mais c'était un bel atout qu'ils avaient en réserve.

— Sans commentaire.

— Je déteste ce genre de pari.

Dan se gratta la nuque. Au moins, converser avec Graham pour le travail n'était pas aussi ardu que l'avaient été les banalités de la veille.

— Je n'en suis pas fan non plus. Surtout ce genre de pari qui ne me dit rien qui vaille. Mais notre client commence à s'impatienter.

Une étincelle brilla dans les yeux de Graham. De la colère ? À bien trop de reprises, ils avaient été témoin de partie plaignante porteuse de solides réclamations se satisfaire de moins qu'elles auraient dû.

— Sa femme et lui peinent à arrondir les fins de mois. Elle est vendeuse dans une supérette. Ils sont en train de couler et cette affaire…

— Pourrait mettre des années avant d'obtenir un procès.

Dan secoua la tête.

— Par quoi dois-je commencer ?

— Nous avons engagé un détective privé pour essayer de retrouver le témoin. Sarah, mon assistante, te donnera ses coordonnées.

Quinze minutes plus tard, une fois qu'ils eurent révisé ensemble tous les documents clés, Graham se leva et s'étira.

— De l'eau ? Un soda ?

— De l'eau ne serait pas de trop.

Dan se massa la nuque.

Graham sortit deux bouteilles du petit réfrigérateur près du bureau et en plaça une devant Dan.

— Merci.

Dan l'ouvrit et en avala une longue gorgée.

— Terri laisse entendre que tu sais ce que tu fais.

Les mots de Graham firent écho telle une mise au défi. Dan avait gardé le menton levé durant suffisamment de situations critiques pour savoir qu'il était capable de se confronter à celle-ci.

— Merci du compliment. D'après ce qu'elle m'a dit, les affaires sont similaires à celles de mon précédent poste. Quelques affaires d'État, mais en grande partie des cas d'envergure nationale.

— Nous nous sommes développés plus vite que je ne l'avais prévu.

La voix de Graham vibrait d'une once de fierté. D'après les revues locales, le cabinet avait à peine cinq ans et profitait d'un palmarès inégalé dans la région.

— Nous ferons entendre notre première plaidoirie devant la Cour Suprême au semestre prochain.

— Terri m'en a parlé.

Le regard de Graham s'attarda sur la fenêtre la plus proche.

— J'ai toute confiance en Terri, mais la décision finale pour notre collaboration me revient.

— Bien entendu.

Dan expira longuement pour évacuer la tension qui lui tordait le ventre. Lacey et lui s'en sortiraient bien, même si ce job tournait au vinaigre. Il avait prudemment investi l'assurance-vie de Benn, après tout. Néanmoins, il venait tout juste de signer le contrat pour la maison et il n'avait pas particulièrement envie de remballer ses affaires pour déménager une nouvelle fois. Surtout pas, sachant que Lacey entrait à la garderie juste après les vacances d'été. Il y avait d'autres cabinets dans la région qui pourraient éventuellement l'intéresser, mais il doutait qu'aucun d'entre eux n'offre un salaire si généreux. Attendre des années pour pouvoir regagner une telle collaboration n'était pas une option – si Benn et lui avaient attendu qu'il en trouve une avant d'adopter, c'était pour une bonne raison. Il n'avait aucune intention d'infliger à Lacey soixante à soixante-dix heures de travail à la semaine jusqu'à ce qu'il *refasse* ses preuves.

— Si j'ai bien compris, tu viens d'un cabinet où c'était toi qui étais en charge, continua Graham.

Il ne s'était toujours pas retourné, chose que Dan trouva déconcertante.

— Graham, fit Dan. Inutile de te retenir. Je n'ai pas besoin qu'on édulcore le sujet.

Graham fit volte-face et déposa sa bouteille sur la table.

— Très bien.

L'un des muscles de sa joue pulsa, mais il resta autrement en contrôle de ses émotions. Il plaça une main sur le dossier de la chaise.

— Je suis très peu impressionné par ton incapacité à arriver au bureau à l'heure. Et lors de ton premier jour, qui plus est.

— Mes excuses. Tu as tous les droits d'attendre de moi que j'arrive à l'heure prévue. Cela ne se reproduira plus.

Du moins, il *espérait* que ça n'arriverait plus.

— Ta vie personnelle ne me regarde pas, poursuivit Graham, imperturbable. Tu découvriras que le train de vie new-yorkais te posera quelques soucis ici.

— De toute évidence.

Dan ravala un soupir.

Graham pensait-il qu'il avait fait la fête toute la nuit ?

Probablement.

Cependant, la vérité ne concernait en rien Graham. Il avait subi pire que ce genre de jugements hâtifs, et cela faisait bien longtemps qu'il avait cessé de culpabiliser dès qu'il n'était pas à la hauteur des attentes d'autrui.

— Sommes-nous sur la même longueur d'onde ? demanda Graham.

— Parfaitement. Et encore une fois, toutes mes excuses.

— Bien.

Les épaules de Graham se détendirent ostensiblement.

— C'est tout ce qu'il y avait à dire sur le sujet.

Il s'empara d'un autre dossier.

— Remettons-nous au travail.

Chapitre Six

— **TOUJOURS** vivant là-dedans ?

Terri passa sa tête par la porte du bureau un peu après dix-huit heures.

— Autant que je sache.

— Aïe.

Elle entra et s'appuya sur le rebord du bureau.

— Un peu tendu, non ?

— M'offrirais-tu un massage ? rétorqua Graham.

— Serait-ce une faille dans ton armure que je vois là ?

Elle quitta le bureau et entreprit de lui masser les épaules.

Il poussa un soupir.

— Il est possible que je me sois emporté.

Lui admettre ses fautes ne le dérangeait pas. Elle ne serait pas du genre à s'en servir contre lui.

— Possible ?

— Avec notre nouvelle recrue.

— Tu parles de Dan ? conclut-elle dans un sourire à peine refoulé.

Elle adorait aller à la pêche aux informations.

— Que lui as-tu dit ?

Il appuya sa tête contre le dossier et leva les yeux vers elle. Il avait été un vrai crétin.

— Il est possible que je lui aie suggéré de changer son train de vie.

— Tu… quoi ? Graham, dis-moi que tu plaisantes.

Elle enfonça son pouce si fort dans son dos qu'il tressaillit.

— Il était en retard lors de son premier jour, Terri.

Il avait beau avoir surréagi, un retard n'était pas acceptable.

— Et avait-il une bonne raison de l'être ?

— Il ne m'a rien dit, répondit Graham.

Toutefois, il *s'était excusé.*

— L'aurais-tu mieux pris s'il s'était justifié ?

Il fronça les sourcils.

— C'est un adulte et un professionnel, et toi, tu détestes le baratin, continua-t-elle. Pourquoi ne pas lui laisser le bénéfice du doute ?

— Je fais de mon mieux.

Pourquoi laissait-il Dan l'affecter ainsi ?

Elle reprit son massage.

— Apprends à le connaître. Que dirais-tu d'aller boire un verre avec lui après le travail ?

Ses épaules se tendirent de nouveau. Il ne voulait même pas penser à la manière dont une telle soirée pourrait finir.

— Veux-tu en parler ? demanda-t-elle en malaxant le nouveau nœud qui s'était formé.

— Je n'ai rien à dire.

À plus de reprises qu'il ne pouvait les compter, elle avait tenté de le pousser à s'ouvrir sur sa vie privée. Mais c'était plus prudent ainsi.

— D'accord. Et que dirais-tu de boire avec *moi* ce soir ? Ça fait quelques semaines, déjà. C'est moi qui paie.

— Je… commença-t-il avant de changer d'avis. Très bien.

Leurs *happy hours* hebdomadaires au Landmark Tavern lui avaient bien manqué.

— Mais nous ne pouvons pas y rester trop tard.

— Un rancard ?

Il fronça les sourcils. Depuis qu'elle le connaissait, elle n'avait cessé d'essayer de le convaincre qu'il devrait se caser.

— Bon. On arrête là pour aujourd'hui.

Elle libéra ses épaules et partit en direction de la porte.

— Merci pour le massage.

Elle se mit à rire et lui fit un signe de la main en passant la porte.

— Je repasserai plus tard.

GRAHAM venait tout juste d'enfiler la veste de son costume lorsque Dan poussa la porte à près de dix-huit heures trente.

— Tu t'en vas ?

Dan acquiesça.

— Je voulais te ramener ça avant de partir.

Dan déposa un tas de feuilles sur le meuble.

— Notre détective a trouvé quelque chose ?

— C'est ça. Et j'ai fait quelques recherches de mon côté.

Dan sourit et tapota la pile. Ses yeux parurent soudain plus bleus. Au lycée, il avait déjà été très séduisant, mais aujourd'hui, il était encore plus attirant qu'auparavant. Des mèches brunes, tournant au roux, légèrement ébouriffées, et une légère barbe avaient remplacé la coupe en brosse qu'il portait autrefois. Son corps élancé s'était musclé aux endroits qu'il fallait, depuis ses puissantes cuisses et son fessier ferme aux robustes avant-bras.

Graham ravala une soudaine envie de fuir en courant. Déjà qu'il avait fait un cauchemar où il s'était cru revenu aux années lycée l'année dernière. Il n'allait pas à présent commencer à fantasmer sur lui.

— Peut-on réviser les trouvailles de notre détective demain ? demanda-t-il. Il faut vraiment que j'y aille.

Il faut que je parte d'ici avant que je ne fasse ou que je ne dise quelque chose que je vais regretter.

— Bien sûr. Demain me convient. Passe une bonne soirée.

VERS vingt-trois heures, Graham dévala les trois pâtés de maisons qui séparaient son appartement du Jay's, son bar favori lorsqu'il s'agissait de flirter. Les trois – ou bien était-ce quatre ? – verres qu'il avait bus avec Terri avaient fait leur effet. Il se sentait bien. Très bien même.

Il s'installa au bar, les basses détonantes allant jusqu'à faire vibrer ses os.

— Un scotch. Sec.

Le barman, Jake, hocha la tête et lui fit un clin d'œil. Ils avaient eu une aventure lorsqu'il venait tout juste d'emménager à Raleigh. Jake lui avait demandé s'il voulait aller plus loin, mais il avait été trop occupé avec son cabinet naissant pour sortir avec qui que ce soit. Aujourd'hui, Jake était une connaissance amicale, tout au plus.

Graham préférait que cela en reste là.

Le blond à sa gauche se pencha vers lui.

— Tu danses ?

Graham avala une longue gorgée de sa boisson. Il croisa le regard du blond et acquiesça. Lorsqu'ils parvinrent jusqu'à la piste, *Paradise by the Dashboard Light* résonnait dans les enceintes.

Cette chanson avait été l'une des préférées de sa mère.

Certains des habitués ne le lâchèrent pas du regard de toute la danse. Graham ne comprenait pas ce qu'ils voyaient en lui, mais ça importait peu. Il était venu ici pour une seule et unique raison – s'il était honnête avec lui–même.

— Chez moi ou chez toi ? demanda le blond – Collin – tandis qu'ils terminaient une autre tournée une heure plus tard.

— Chez moi.

Ils quittèrent le bar dans la chaleur humide de la nuit. Son tee-shirt lui collait à la peau. Qu'importe. Dans quelques minutes, ils seraient arrivés à son appartement et il pourrait se dévêtir. Collin n'était pas son type, mais ses yeux bleus rappelèrent à Graham la conversation qu'il avait eue avec Dan cet après-midi et un souvenir vieux de quinze ans. À l'époque, quelques-unes des pestes les plus populaires avaient encerclé Laurie, la nouvelle. Elles lui avaient arraché son sac et en avaient vidé le contenu tout le long du couloir. Une fois qu'elles furent parties en gloussant, Danny s'était accroupi à côté de Laurie.

— Laisse-moi t'aider.

Ses yeux avaient été d'un bleu si intense. Et après avoir dit « Ne t'inquiète pas », son charmant sourire plein d'insouciance avait rendu Jimmy fou de jalousie.

Graham repoussa le souvenir de ce visage de son esprit. À côté de lui, Collin parlait de l'équipe de football de Caroline. On lui avait offert un abonnement, car son père était l'un de leurs importants donateurs.

— J'ai changé d'avis, s'exclama Graham.

— Quoi ?

Collin le dévisagea.

— Je suis fatigué, mentit Graham. Ce n'est pas ma nuit.

— Oh, je t'en prie. Tu allais parfaitement bien il y a quelques minutes.

— Désolé, lui offrit Graham sur un sourire sans saveur. Peut-être une autre fois.

Collin secoua la tête et repartit en direction du bar. Graham tira de sa poche le badge lui permettant d'entrer dans le bâtiment. Il n'arrivait pas à se l'expliquer, mais il n'était tout simplement pas d'humeur.

Chapitre Sept

— **ILS** ont fait *quoi ?* gronda Graham dans le combiné.

— Ils font valoir une ordonnance restrictive temporaire, répéta Kara, leur parajuriste, de sa voix la plus calme. Ils disent que M. Carter leur est toujours lié par une clause de confidentialité, d'où l'ordonnance restrictive temporaire. C'est arrivé chez nous par mail aujourd'hui.

La clause ne lui apparaissait pas comme une grande nouvelle. En vertu du droit étatique, elle ne devait même pas être applicable ; ça impliquait une portée et un territoire trop importants. Il en avait discuté avec Petra Carter lorsqu'il avait accepté de la représenter six mois plus tôt. Il en avait même fait part à Terri qui avait accepté son jugement.

— Informe Vanessa que je vais avoir besoin d'elle sur ce coup, déclara Graham.

Il leur faudrait rendre leur déposition au plus vite s'ils voulaient faire passer leur cas sur le haut de la pile. Ce serait mauvais pour eux si le futur employeur de Petra se rétractait de peur d'être poursuivi.

— Elle sera en procès en Virginie jusqu'à la fin de la semaine, l'informa Kara. Veux-tu que je lui dise de reporter ses prochains cas ?

— Non. Je trouverai quelqu'un d'autre pour s'en charger.

Graham expira longuement et laissa échapper la tension qui l'assaillait. Terri avait raison. Il avait du mal à gérer les manœuvres imprévues, surtout lorsqu'il savait dès le départ que tout ça n'était que pures foutaises. Il avait déjà travaillé avec les avocats de chez Camcorp par le passé. Et bien qu'il ait déjà eu sa dose de cas avec une opposition peu aimable, Brad Muldoon de chez Ferguson & Muldoon les surpassait tous.

Saleté de vipère.

Leur affaire ayant été assignée au Juge Winston ; ils auraient besoin d'une personne qui saurait calmement débiter l'argumentation. Winston n'était pas brillant, mais il écoutait avec attention. Muldoon ferait tout son possible pour faire enrager Graham ; c'était bien le seul avocat qui y parvenait chaque fois. Graham ne parlait jamais aussi mal que lorsqu'il était énervé. Non, il avait besoin de quelqu'un avec du sang-froid. Quelqu'un qui ne laisserait pas Muldoon l'atteindre.

— Graham ?

— Désolé.

Il avait été si pris par ses pensées, qu'il en avait presque oublié que Kara était toujours à l'autre bout du fil.

— Terri m'a dit que Dan Parker avait une expérience avec ce genre de clauses. Il n'a pas de cas urgent cette semaine, d'après mon calendrier.

— Entendu.

Voilà qui était bien la dernière personne avec laquelle il avait envie de passer ses journées. Toutefois, il n'était pas à la tête de ce cabinet pour satisfaire le moindre de ses caprices. Il ferait ce qui était le mieux pour le client, et tant que Dan se conformait aux règles, Graham n'aurait pas à le mettre dehors d'un coup de pied aux fesses.

— Dis-lui de venir me voir dans mon bureau, et ramène aussi les pièces de procédure.

— C'est comme si c'était fait.

Il reposa le téléphone et inspira de nouveau. Faisant défiler une bonne dizaine d'e-mails, il entreprit d'en supprimer la moitié avant qu'on ne frappe à la porte.

— Entrez.

Il leva les yeux pour voir Dan tenir la porte à Kara. Il avait abandonné son habituelle cravate, et sa chemise était déboutonnée au niveau du cou.

Le peu de peau qui était laissé à nu lui fit prendre de longues inspirations pour se calmer.

Concentre-toi.

— Et voilà.

Elle leur confia à chacun une copie du recours pour une ordonnance restrictive temporaire.

— Je m'occupe de la déposition. Si tu as encore besoin de quelque chose, n'hésite surtout pas.

— Merci Kara.

Graham attendit qu'elle ait refermé la porte derrière elle.

— Ça m'a l'air plutôt simple, déclara Dan après avoir feuilleté les documents. Y a-t-il quelque chose que je dois savoir sur notre cas avant que je ne m'y mette ?

Il s'assit sur une chaise.

— Nous avons déposé une plainte pour environnement de travail hostile. Camcorp conçoit des dispositifs médicaux. Notre cliente n'a plus d'emploi depuis bientôt un an.

— Âgisme ?

Graham acquiesça et s'installa à côté de lui.

— Petra a soixante et un ans. Elle était cadre. Le haut de l'échelle salariale. Elle était assignée aux projets à risques. Lorsque Stellertek a racheté Camcorp il y a trois ans, ils se sont mis à déléguer ses tâches. Rien de bien important au début, mais cela s'est répété jusqu'à ce qu'il ne lui reste plus rien à faire. Ils ont mis quelqu'un avec moitié moins d'expérience sur ses projets.

— Et moitié moins de son salaire, nota Dan.

Il se passa une main dans les cheveux, rabattant une mèche particulièrement rebelle vers l'arrière. Le savoir si proche donnait à Graham une forte envie de s'occuper lui-même de cette mèche de cheveux. Ou peut-être ferait-il tout pour ébouriffer encore davantage…

Graham sourit et prétendit relire sa propre copie du document.

— Plusieurs autres employés de longue date se sont plaints d'un traitement similaire. La rumeur veut que l'entreprise essaie de réduire les coûts. Petra a finalement démissionné. Elle a terminé hospitalisée à cause d'un ulcère à se demander comment elle allait bien pouvoir payer les frais universitaires de ses enfants.

Dan secoua la tête.

— Et les autres employés ?

— Ils ont accepté une indemnité de départ dont le montant n'a pas été dévoilé, répondit Graham. Probablement un bon six mois de salaire. Nous nous battons depuis le début avec eux pour obtenir des papiers officiels. Petra nous a confirmé qu'il existe un document qui parle de réduction des coûts.

— Et ils affirment que ce document n'existe pas.

— Évidemment, soupira Graham.

— Pourquoi moi ?

Il ne tourne jamais autour du pot.

C'était quelque chose qui lui plaisait beaucoup chez Dan.

— L'avocat de la défense est une vraie saloperie, déclara Graham. Et je…

Autant dire les choses et en finir une bonne fois pour toutes.

— Disons simplement que nous avons eu plusieurs altercations.

— Il sait où appuyer pour faire mal.

Le visage de Dan était plein de compréhension, mais ne s'y reflétait aucun jugement.

— On peut dire ça.

Graham ravala un sourire. Il appréciait tout particulièrement ne pas avoir à tout expliquer avec Dan.

— Par le passé, je m'en suis servi à mon avantage. Mais cette fois, le juge est différent.

— Je vois. Par où commençons-nous ?

ILS achevèrent la déposition vers dix-huit heures. Graham s'était attendu à ce que cela leur prenne plus de temps, mais Dan avait géré l'affaire comme un vrai professionnel.

— Merci pour ton aide, dit Graham, une fois qu'ils eurent rendu les pièces de procédure à l'un des parajuristes.

— Pas de problème.

Dan ferma son ordinateur et le rangea dans sa pochette. Il sortit son téléphone, y lut quelque chose et sourit.

— Je ne vais pas tarder.

— Un dîner de prévu ? demanda Graham.

— On peut dire ça.

Dan replaça son téléphone dans sa poche et passa une main dans ses cheveux.

Le ventre de Graham se tordit. Pourquoi se préoccupait-il tant de ce que Dan faisait en dehors du travail ? L'idée même qu'on puisse l'attendre à la maison ne quittait plus son esprit.

— À demain, fit Dan avant que Graham ne puisse formuler de réponse.

— À demain.

Graham reporta son attention sur son ordinateur et ouvrit ses e-mails.

— Graham ?

Graham ne releva pas les yeux.

— Oui ?

— Ce n'est rien, abandonna Dan. Passe une bonne soirée.

— Hum.

Graham attendit que la porte de son bureau se soit refermée avant de relever la tête. Dan Parker avait beau être un bon avocat, Graham n'avait aucune intention de se lier d'amitié avec lui.

Chapitre Huit

GRAHAM tendit le bras pour faire taire le réveil-matin sur sa table de chevet. Il avait prévu de se lever à cinq heures pour aller faire un jogging, mais il avait à peine dormi. Il avait un vague souvenir d'avoir appuyé sur le bouton de rappel. Il devait l'avoir enclenché à plusieurs reprises étant donné qu'il était à présent sept heures.

Cela faisait bien deux semaines qu'il redoutait ce jour-ci – et ce, depuis celui où il avait rencontré les nouvelles recrues. Pour être honnête, il redoutait le pique-nique de la fête du Travail *chaque* année, mais savoir qu'il aurait à faire face à la moitié de Dan et faire comme si de rien n'était lui semblait être une tâche insurmontable.

Il se frotta le visage et sortit de son lit. Il venait juste de terminer sa douche lorsque son téléphone vibra.

— Je voulais juste m'assurer de ta présence tout à l'heure, fit Terri avant même qu'il ne puisse dire « allô ».

Il soupira.

— T'a-t-on déjà dit que tu étais une vraie épine dans le…

— Ça m'arrive sans arrêt, répondit-elle, son ton joyeux commençant à lui taper sur les nerfs.

Il l'adorait, mais il y avait des moments où il avait franchement envie de l'étranger.

— Tu n'as pas dormi de la nuit, hein ?

Elle ne le connaissait que trop bien.

— Je vais bien.

Il n'avait pas besoin de sa sympathie.

— Graham…

— À quelle heure dois-je y être ?

Il connaissait déjà la réponse, mais il valait mieux pour lui qu'il change de sujet aussi vite que possible et que son inquiétude change de cible, préférablement une cible qui n'était pas lui.

— Onze heures. Susan a rendez-vous avec le traiteur à dix heures et demie, et tu dois être là pour accueillir nos employés.

Il y serait, cela allait sans dire. Il ferait bonne figure. Il prétendrait qu'il n'avait pas qu'une envie : se rouler en boule et disparaître. Il ferait comme si socialiser n'était pas terrifiant pour lui.

Un jour ou l'autre, tout le monde se rendra compte que tu n'es qu'un imposteur.

Cette voix le poursuivait toujours quinze ans après. Telle une chaussure qui frottait contre une ampoule, elle lui murmurait à l'oreille ce qu'il s'acharnait à faire taire.

— Compris, dit-il. On se voit là-bas.

— Graham, je…

— Tout va bien.

Du moins, il irait mieux après quelques cafés.

— Je sais que ce n'est pas la première fois que je te le dis, commença-t-elle. Mais je suis là, si tu as besoin de parler.

— Merci.

Il sourit.

— Je t'en suis reconnaissant. À tout à l'heure.

Il balança son téléphone sur le lit.

GRAHAM arriva au parc Pullen quelques minutes avant que onze heures ne sonnent. Terri lui fit signe depuis le coin pique-nique où une demi-douzaine des membres de l'équipe était déjà rassemblée, occupée à sortir les bouteilles de soda et à verser des sacs de glaçons dans les glacières à bières. L'odeur des grillades, typique du coin, provenait des petits-fours disséminés sur les différentes tables. Son estomac gronda son appréciation.

— Besoin d'aide? demanda-t-il à Becky, l'une des parajuristes qui aidaient Susan à tout préparer.

— Nous... euh... vous... euh... Vous pouvez sortir les serviettes, balbutia-t-elle, le visage pâle et les yeux grands ouverts.

Elle n'était pas là depuis longtemps et ne s'attendait probablement pas à ce que le *big boss* mette la main à la pâte.

— D'accord.

Il déchira l'emballage d'un des paquets.

Terri examina la table tandis qu'il déposait les serviettes.

— Pas mal.

— Je me tâtais entre l'éventail ou la pile.

Elle lui donna un coup de coude et éclata de rire.

— Je ne parlais pas des serviettes.

— Arrête.

Il reporta son attention sur la table et pria pour que la rougeur de ses joues ne soit pas trop évidente. Le taquiner était son passe-temps favori. Lors d'un jour lambda, il aurait aisément pu rétorquer, mais lors de ce genre d'événements...

— Tu t'en sors très bien, lui murmura-t-elle à l'oreille.

— Je les terrifie.

Il jeta un coup d'œil à Becky.

Elle pouffa et secoua la tête.

— Je suis presque sûre que ce n'est pas *ça* le problème.

Elle posa sa main sur son bras.

Il l'ignora et se remit au travail.

— Te souviens-tu de tous les noms? demanda-t-elle.

— Leslie Starnsworth, de la faculté de droit de Duke, Lavon Reynolds, de l'université centrale de Caroline du Nord, Patricia Nelson, de l'UNC, récita-t-il sans hésiter. Et pour finir, Tenisha Mayfield, également de Duke. Qui est là pour l'été.

Il avait bien fait ses devoirs.

— Et oui, avant que tu ne demandes, je m'assurerai de saluer chacun d'entre eux à leur arrivée.

Elle sourit et il prit son courage à deux mains. Il avait survécu aux trois derniers piques-niques annuels du cabinet, il pouvait le faire une nouvelle fois.

— Et n'oublie pas d'être gentil avec Dan, ajouta-t-elle.

— Il vient ?

Graham avait espéré qu'il saute l'événement, étant donné qu'il n'en avait pas fait mention durant leur réunion du vendredi après-midi. Croiser Dan en dehors du boulot risquait de le distraire. Lorsqu'il avait un dossier sur lequel se concentrer, il pouvait encore supporter le vrombissement de son attirance. Mais ici…

— Bien sûr qu'il vient !

Elle rit et secoua la tête.

— Il n'a pas de famille en ville, et je doute qu'il se soit déjà fait beaucoup d'amis. Il n'est à Raleigh que depuis quelques semaines, après tout.

— Je me tiendrai bien.

Graham s'y forcerait.

— J'aurais aimé que tu fasses un peu plus que bien te tenir en sa présence, pour changer.

Elle poussa un soupir dramatique.

— Cela pourrait rendre votre collaboration plus agréable.

— Notre collaboration se porte très bien.

En dépit de leur mauvais départ, Dan était quelqu'un avec qui il était agréable de travailler. Et il était intelligent et perspicace.

— Je me répugne à l'admettre, mais tu avais raison sur son compte.

Elle lui sourit.

— Je suis parfaite.

Elle éclata de rire avant d'ajouter :

— Mais tu le savais déjà, pas vrai ?

— Il faut que je termine d'assembler les serviettes. Tu me déconcentres.

— Bah, bien sûr.

Elle fit volte-face pour se diriger vers la table sur laquelle le traiteur avait bientôt terminé de tout préparer.

Il fit un éventail avec une énième pile de serviettes, l'ajusta afin qu'elles soient régulièrement espacées et fit un pas en arrière pour admirer son travail. Se concentrer sur des tâches simples l'avait toujours aidé à dissiper le malaise qui l'assaillait devant l'obligation de socialiser. Voir Dan lors du pique-nique ne pouvait pas être un tel fardeau. Ils s'entendaient bien en tant que collègues.

UNE heure plus tard, et après avoir accueilli tous leurs nouveaux associés, en plus des deux nouveaux parajuristes qui avaient commencé il y a un bon mois et de l'adjointe administrative qu'il avait presque failli oublier et qui s'était empourprée lorsqu'il lui avait tendu la main, Graham parvint finalement à attraper un sandwich au porc avant de s'éclipser des célébrations. Il avait besoin de quelques minutes de solitude. Il avait besoin de silence. De temps pour s'éclaircir les idées. Pour détendre la tension qui nouait son cou et ses épaules.

Il se promena le long d'une petite colline surplombant un étang rempli de canards et de quelques oies blanches. Au-delà de l'étendue d'eau, un train miniature rouge pétard se frayait un chemin autour du parc en crachotant de la fumée blanche. Il ferma les yeux, respira profondément à plusieurs reprises, puis les rouvrit. Le monde avait déjà meilleure allure comme ça.

Graham mangea lentement sa nourriture, se délectant de chaque bouchée, jusqu'à ce qu'il dépose son assiette vide sur l'herbe à côté de lui. Il se tourna et jeta un œil en direction de l'abri où se déroulait le pique-nique et se demanda combien de temps il faudrait à Terri avant qu'elle ne parte à sa recherche. Il ne s'attendait pas à voir quelqu'un s'asseoir près de lui.

— Bonjour.

Une petite fille dotée d'un regard brun chaleureux lui sourit.

— Bonjour, dit-il en retour.

— Je m'appelle Lacey, annonça-t-elle. J'aime les canards.

Elle fit sa déclaration sans une once d'hésitation et tira sur l'une de ses tresses avant de l'enrouler autour de son doigt.

— Moi, c'est Graham, et j'aime aussi beaucoup les canards.

— Vraiment ?

Elle fronça les sourcils.

— Je… Oui. Est-ce un problème ?

Elle haussa les épaules.

— Non.

Pendant de longues secondes, elle resta silencieuse. Puis, comme si elle venait de réaliser qu'elle avait oublié quelque chose, elle reprit.

— J'aime aussi les oies.

— Qu'est-ce qui te plaît chez elles ?

Ses lèvres s'incurvèrent au même moment où ses épaules se haussèrent.

— Je ne sais pas. Je les aime, c'est tout.

— Ça me paraît être une raison tout à fait valable.

Elle lui fit un grand sourire et inclina la tête sur le côté.

— Mon père m'a promis que nous irions faire un tour de train plus tard. Quand qu'il aura discuté avec des gens.

— Ça m'a l'air amusant.

— Je n'aime pas rencontrer des gens.

Elle rapprocha ses genoux de son torse et les encercla.

— Pourquoi ça ?

Elle haussa les épaules.

— Tu m'as bien rencontré, fit remarquer Graham.

— C'est différent, expliqua-t-elle.

— En quoi est-ce différent ?

Il souriait malgré lui.

— Vous êtes gentil.

Elle hocha la tête pour appuyer sa déclaration, et ses tresses firent un bond.

— Merci. Tu es gentille, toi aussi.

Elle tira à nouveau sur une de ses tresses.

— Veux-tu connaître un secret ? demanda-t-il.

Elle acquiesça.

— Moi non plus, je n'aime pas rencontrer de nouvelles personnes.

Il rit doucement, et elle secoua la tête.

— Pourquoi ?

— Cela me rend nerveux, admit-il.

— Moi aussi.

Elle se mit à rire.

— Mon papa, il aime ça, lui.

— Vraiment ?

Elle hocha de nouveau la tête.

— Il dit que les gens sont chouettes et que c'est amusant.

— Je suppose qu'il n'a pas tort. Il y a des gens qui ne me rebutent pas.

— Lacey ! appela une voix d'homme.

Elle poussa un soupir théâtral.

— Je dois encore aller rencontrer des gens.

— Mais tu auras ton tour de train après ça. L'échange me paraît équitable.

— Peut-être.

— Lacey ?

Cette fois, la voix n'était plus très loin derrière eux.

Graham se releva.

— Tu devrais y aller.

Il lui offrit sa main.

— Il ne faudrait pas que ton père s'inquiète pour toi.

Elle prit sa main.

— Lacey.

Graham se retourna. La dernière personne qu'il s'était attendu à voir était bien Dan Parker.

— Papa ! Est-ce qu'on peut aller faire un tour de train, maintenant ?

Lacey se détacha de Graham et trottina jusqu'à Dan.

Ce dernier paraissait aussi interloqué que Graham l'était lui-même.

— C'est lui ton père ? interrogea-t-il Lacey, qui acquiesça.

Dan sourit et s'agenouilla afin que Lacey puisse sauter sur son dos. Il était bien trop séduisant dans son jean délavé et son tee-shirt bleu ciel qui faisait briller une étincelle dans son regard.

— En personne.

— Il est bon de te voir ici, Dan, fit Graham, n'étant que trop conscient de sa maladresse d'expression. Je ne savais pas que tu avais une fille.

Dan avait une femme, ou du moins, une amante, qu'il ait une fille en plus de ça ne devrait pas être si surprenant, si ?

Qu'importe que ce soit bien le cas ou non.

Dan agrippa les jambes de Lacey, et elle enroula ses bras autour de son cou.

— J'espère qu'elle ne t'a pas trop embêté.

Il leva les yeux vers Lacey qui lui fit un grand sourire.

— Pas du tout. Nous parlions de canards, répondit Graham.

— Et des gens, corrigea Lacey.

— La conversation devait être animée.

Graham se sentit soudain minuscule. Incroyablement gêné. La tension qui avait noué ses épaules revint en force alors qu'il tentait de lisser son expression.

— Je devrais y aller, dit-il. Et puis, la mère de Lacey doit également être à sa recherche.

Il pouvait supporter d'avoir affaire à Dan au bureau. Mais se mêler à sa vie privée au-delà d'un coup d'un soir – chose qui n'était plus d'actualité – était inconcevable.

— Sa mère ? Non. Lacey n'a pas de mère.

Dan fronça les sourcils.

— Une petite minute… Tu pensais que…

Eh merde ! Il s'y était jeté la tête la première. Bien sûr, cela ne signifiait pas qu'une amante ne l'attendait pas à la maison.

— Je devrais vraiment y aller.

Fais comme si tu ne venais pas de mettre les deux pieds dans le plat et éclipse-toi en silence.

— Est-ce qu'il peut venir faire du train avec nous ?

Lacey gigotait dans tous les sens.

— Bien sûr qu'il peut.

Bien que surpris, les yeux de Dan brillaient d'une lueur chaleureuse. Graham aurait préféré oublier le précédent sujet de conversation.

— Je ne devrais vraiment pas… commença Graham.

— Tu dois prendre le train, affirma Lacey, comme si c'était une évidence.

Pourquoi le considérait-il même ? Il devrait déjà être en train de courir après avoir fait volte-face.

— Lacey, M. Swann est un homme occupé. Nous devrions le laisser…

— Il doit prendre le train.

Au moment même où ces mots lui échappèrent, Graham se demanda qui pouvait bien les avoir prononcés.

Il tenta de trouver un moyen de revenir sur ses paroles lorsque Dan pouffa et répondit :

— Ça fait trois, alors.

Deux identiques fossettes apparurent.

Lacey se mit de nouveau à gigoter.

— Lacey, tu vas me briser le dos, s'exclama Dan tandis qu'ils empruntaient le chemin vers la billetterie.

Lacey commença à chantonner quelque chose à propos d'un train qui faisait « tchou-tchou » sans cesser de gigoter.

— Pourquoi ai-je l'impression que ça va me manquer lorsqu'elle entrera au lycée ?

Graham se mit à rire sans le vouloir.

— Je suis sûr que d'ici là, elle réclamera de prendre ta voiture, à la place.

— Probablement. Je suppose qu'il ne me reste plus qu'à profiter de ce que j'ai pour l'instant.

L'espace d'un moment, le sourire de Dan flétrit. Il paraissait épuisé. Triste, même. Puis Lacey reprit un autre refrain de sa chanson sur son petit train, et Dan se mit à chanter avec elle.

Chapitre Neuf

LES genoux de Dan étaient douloureusement pressés contre le dossier en métal du siège devant eux. Graham, qui avait quelques centimètres sur lui, se débrouillait avec l'espace étroit qu'ils avaient avec une grâce surprenante, bien que Dan ne doute pas une seconde qu'il était d'autant plus misérable que lui.

Il avait décelé l'écho de *quelque chose* sous ce masque imperturbable durant les semaines où ils avaient travaillé côte à côte. Il avait également expérimenté la confiance de Graham lorsqu'il s'agissait de choisir un amant. Mais ce Graham-ci était d'une espèce tout à fait différente. Son masque d'indifférence s'était envolé. À sa place, une expression d'insouciance, et même de joie, l'avait remplacé. Et à en juger par la manière dont Lacey avait de glousser, insistant pour s'asseoir entre eux – un sandwich au Lacey ! – elle s'était entichée de cette version très particulière de Graham. Tout comme la moitié du personnel, à en croire les regards languissants qu'il engendrait sur son passage.

Maintenant, il faut juste que je découvre lequel de ces deux Graham est le vrai...

Et qu'est-ce que c'était que cette histoire à propos de la mère de Lacey ? Graham pensait-il vraiment que l'homme qu'il avait choisi à ce moment-là avait une femme qui l'attendait chez lui ?

Probablement.

Non pas qu'il comptait rejouer cette même scène avec Graham. Pourquoi cela le dérangeait-il tant qu'il ait une si piètre opinion de sa personne ?

— Là-bas, monsieur Graham ! cria joyeusement Lacey lorsque le train passa près de l'étang. Encore des canards !

Elle agita les bras et cancana bruyamment avant de s'affaler de nouveau contre l'épaule de Graham en riant.

Au moins, ça n'avait pas l'air de déranger ce dernier. Le sourire sur son visage rappelait à Dan celui de Lacey – insouciant et enfantin. Même la manière dont il se tenait avait changé. La sculpture en marbre avait pris forme humaine. Avant aujourd'hui, Graham avait été un homme séduisant, quelqu'un qu'on admire de loin. Graham savait-il à quel point il était charmant comme ça ?

Avoir un faible pour son boss… mauvaise idée.

Dan jeta un coup d'œil vers Graham et croisa son regard.

C'est une mauvaise idée, d'accord ?

— J'ai pris le train du Blue Ridge Railway avec mon beau-père, déclara Graham lorsqu'ils quittèrent le petit train quelques minutes plus tard. Je n'étais jamais monté dans un train auparavant.

— Je construisais des trains miniatures quand j'étais plus jeune.

Ce souvenir fit sourire Dan.

— Aujourd'hui, ils doivent sûrement prendre la poussière dans le grenier chez mes parents.

Il jeta un regard à Lacey et ajouta :

— La prochaine fois que je leur rendrai visite, il faudra que je pense à les emmener avec nous.

— Des trains ! Des trains !

Lacey dansa autour d'eux.

Dan prit Lacey dans ses bras et la passa au-dessus de sa tête.

— On y retourne ?

Graham éclata de rire, ses joues s'empourprant.

— Terri va me tuer.

Il paraissait détendu. Heureux. La poitrine de Dan se serra.

Lacey le fixait.

— Il plaisante, Lacey, la rassura Dan. Personne ne va lui faire de mal.

— Oh.

Elle parut soulagée.

Lorsque Graham pénétra dans l'abri sous lequel se déroulait le pique-nique, ce fut comme si une porte sur son cœur se refermait. L'expression vive sur son visage disparut, remplacée par un masque impénétrable familier. Chacun de ses pas était choisi, son menton était relevé et ses lèvres charnues ne dévoilaient qu'un calme délibéré.

— Est-ce qu'on peut rentrer maintenant, papa ? demanda Lacey.

— Déjà ? Mais il y a encore les hot-dogs et…

— Rencontrer des gens, ça fait peur, souffla-t-elle dans son oreille. M. Graham est d'accord avec moi.

Dan reporta son regard sur Graham. Entre la confiance en soi qui émanait de lui et cette force qui dissimulait quelqu'un de presque timide et maladroit ; quel étrange contraste était-ce.

— Des fois, ça peut vraiment l'être, confirma-t-il. Des fois.

Chapitre Dix

— **JE** vous remercie, Maître, fit le juge Winston, une fois que Brad Muldoon eut achevé sa plaidoirie.

Le juge porta son attention sur Dan.

— Maître ? Je présume que vous souhaitez avancer vos arguments en réponse.

— Oui, Votre Honneur, confirma Dan.

Graham glissa une note à Dan : *Démolis-le.* Ces mots lui ressemblaient si peu que Dan dut tousser pour éviter de perdre la face. Connaissant Graham, la note n'était qu'un autre de ses tests. Tout ce que Dan avait accompli depuis qu'il était entré dans ce cabinet semblait n'être rien de plus qu'une épreuve du feu un peu trop machiste à son goût. Il n'était pas bien sûr s'il devait prouver qu'il pouvait marcher sur des charbons ardents ou sur l'eau, cette fois-ci.

Jusqu'au jour du pique-nique, il avait été certain que c'était fichu pour lui. Il avait même fait appel à un recruteur pour savoir quels autres postes étaient disponibles dans le Triangle. Mais depuis qu'il avait vu Graham avec Lacey, le doute s'était installé. L'expression de Graham lorsqu'ils étaient montés dans le petit train ne collait pas avec celle à laquelle Dan était habitué au travail, et depuis, Graham s'était montré approchable. Plus… humain.

Dan acquiesça et se leva.

— Bonjour, monsieur le juge. Daniel Parker pour le comté de Wake. Je représente la partie civile dans cette affaire, Petra Carter.

— Je vous en prie, Maître.

— Merci.

Lorsque, une demi-heure plus tard, Dan s'assit de nouveau, il voyait bien sur le visage du juge qu'il avait remporté cette bataille. L'once d'un rictus dansait sur les lèvres de Graham. Le juge prit la parole :

— Je vous remercie, monsieur Parker. Monsieur Muldoon, avez-vous autre chose à rajouter ?

— Oui, Votre Honneur.

Muldoon sourit et jeta un regard en direction de la table derrière laquelle Graham et Dan étaient assis. Dan entendit Graham prendre une profonde inspiration, mais rien d'autre ne vint communiquer ce qu'il ressentait à ce moment-là.

— Mon estimé collègue, M. Parker, a fait un travail admirable en vous exposant les faits. Il est érudit, de ce que j'entends. Sorti premier de sa promotion de l'école de Droit de Yale. Impressionnant. Très impressionnant.

— Monsieur Muldoon, puis-je savoir en quoi l'éducation de M. Parker est-elle pertinente vis-à-vis de l'affaire ? demanda le juge, les sourcils arqués derrière ses lunettes.

— Je me contente de le saluer, voilà tout. Mais avec l'expérience qu'il a amassée du côté de New York (Muldoon fit traîner le « or » de *York,* ce qui transforma le mot en *yawk.*), je doute fort qu'il se soit déjà saisi des subtilités juridiques de la Caroline du Nord. Si ce n'est pour les accords de réciprocité, bien sûr, qu'il doit bien connaître. Je ne voudrais certainement pas impliquer qu'il n'est pas habilité à exercer au barreau en Caroline…

— Monsieur Muldoon, allez droit au but, je vous prie.

Le juge fronça les sourcils.

— Il est tout simplement intéressant de noter qu'en dépit de ses belles appellations nordiques, il ne connaît pas encore la loi comme nous l'appliquons ici-bas.

Muldoon fit tant traîner son dernier mot qu'on entendit presque un : *hee-yah.*

— Nous faisons les choses différemment. Voilà pourquoi monsieur le juge devrait tendre en faveur de mon client. Je vous remercie.

Le juge tourna de nouveau la tête vers Dan.

— Monsieur Parker, je vous permets de répondre. C'est à vous.

— Merci bien.

Dan se tourna vers Graham, qui l'observait avec un intérêt évident, visiblement amusé.

— Et merci à *vous*, monsieur Muldoon, pour vos compliments, dit-il en faisant traîner le « om » de « compliments » pour que cela sonne plus comme un « an ».

Son accent de Caroline du Nord n'avait pas refait d'apparition depuis plusieurs années, mais entrer dans son jeu n'était pas au-dessus de lui.

— Je doute que les montagnards dans mon genre sachent comment les choses sont faites dans la grande ville. Pour cela, je m'excuse par avance. Ayant grandi à Carletonville, j'ai dû apprendre certaines choses à la dure. Mais si je suis sûr d'une chose, c'est que la loi en Caroline du Nord est assez claire sur les injonctions que monsieur le juge peut accorder et à quelles conditions. Que j'étudie dans le nord, comme mon estimé collègue l'a souligné à juste titre, ou que j'étudie ici, la loi n'en est pas moins la même : le client de M. Muldoon a tardé à demander une injonction et, comme je l'ai expliqué, ne devrait pas être autorisé à prévaloir sur la réclamation sous-jacente, surtout compte tenu du fait que le contrat de non-concurrence n'indique aucune précision véritable. Je vous remercie pour votre écoute.

Dan s'assit, et Graham hocha la tête en signe d'approbation. Il n'avait pas quitté Dan des yeux de tout ce temps.

Le juge pinça les lèvres, et Dan fut presque sûr qu'il en faisait autant afin de ravaler un sourire. Muldoon, lui, jetait un regard particulièrement noir vers Dan.

— Messieurs, je vous remercie pour votre temps. Monsieur Parker ? fit le juge en refermant le dossier auquel il s'était référé durant leurs plaidoiries.

Dan se releva.

— Oui, Votre Honneur ?

— Je me prononce en votre faveur, veuillez rédiger l'ordonnance.

— Très bien, Votre Honneur. Je vous remercie.

Dan s'assit de nouveau et croisa le regard de Graham. La victoire était plus savoureuse lorsqu'on avait quelqu'un avec qui la partager.

— Monsieur Muldoon ?

— Oui, Monsieur.

— Je trouve déplacé que votre client ait attendu un mois entier avant de faire sa demande, déclara le juge. Ainsi que M. Parker nous l'a rappelé, la loi de Caroline du Nord ne manque pas de clarté quant à la période durant laquelle une partie peut demander une injonction. La présente n'a pas été adressée dans ces temps.

Le juge frappa du marteau.

Muldoon quitta le tribunal sans adresser une seule parole, ni à Dan ni à Graham. Une fois que l'huissier et le greffier eurent disparu, Graham se tourna vers Dan pour parler.

— Je doute un jour d'oublier l'expression sur le visage de ce fumier lorsqu'il a réalisé qu'il avait manqué une information vitale de ta biographie. Quoi qu'il en soit, je ne pense pas que le juge aurait choisi différemment, mais cela fait toujours plaisir de rendre la monnaie de sa pièce à un tel escroc. C'était du bon boulot.

— Merci. J'espère, néanmoins, que ce n'était pas le déroulé habituel d'une session au tribunal d'État.

— Non, mais c'est aussi pourquoi je préfère les tribunaux fédéraux, répondit Graham. C'est mieux orchestré, et l'échéance est une vraie date butoir.

Dan termina de rassembler ses papiers. Il n'admit pas à Graham qu'il préférait largement l'improvisation qu'impliquaient les tribunaux d'État. Cela lui permettait de rester alerte.

— Kara a rédigé l'ordonnance. Je vais faire quelques corrections pour pouvoir la faire remplir aujourd'hui. Veux-tu que je m'occupe d'informer le client de la décision qui a été prise ?

— Si cela ne te dérange pas.

— Pas du tout.

Dan jeta un coup d'œil à sa montre. Il était presque midi.

— Un déjeuner, ça te dit ?

Graham parut hésiter avant de répondre finalement :

— J'ai une requête dispositive à finir. Mais merci quand même.

Dan ravala un soupir.

Deux pas en avant…

Chapitre Onze

GRAHAM se pinça l'arête du nez et s'appuya contre le dossier de sa chaise. L'horloge sur son bureau indiquait 19 h 30. Cela faisait presque dix bonnes heures que Dan et lui étudiaient les piles de documents que les internes leur avaient ciblés.

— Je ne savais pas qu'il était déjà si tard, dit-il. Que dis-tu de nous arrêter là pour aujourd'hui ?

Il se rappela le visage souriant de Lacey et sentit la culpabilité monter. Durant le mois qui venait de s'écouler, Dan avait quitté à la hâte le bureau à 18 h 30 chaque jour sans faute.

— Ne dois-tu pas aller chercher Lacey ?

— Elle est chez un ami ce soir, répondit Dan, le soulagement presque palpable dans sa voix. Carver est son meilleur ami de la garderie.

— Oh. C'est une bonne nouvelle, je suppose ?

— La meilleure, confirma Dan dans un grand sourire. La famille de Carver ne vit pas très loin de chez nous. Carmine, sa mère, et moi allons à la piscine du coin tous les week-ends. Elle m'a proposé de prendre Lacey, vendredi dernier, en apprenant que mon emploi du temps était plutôt chargé.

— Ça tombe bien.

Pourquoi entendre que Dan allait nager avec la mère d'un enfant quelconque l'irritait à ce point ?

— Une petite faim ? demanda Dan. Depuis que Terri m'en a parlé, j'ai franchement envie d'aller manger un bout au laotien sur Moore Square.

C'était déjà la deuxième fois que Dan lui proposait un repas et aussi la deuxième fois que Graham se retrouvait à hésiter. Les choses se passaient bien avec Dan pour l'instant. Graham n'avait pas besoin d'en apprendre davantage sur Lacey et lui. Mais comme tout ce qui concernait Dan, il avait *envie* d'en savoir plus.

— Je ne suis pas certain que ce soit une bonne idée.

Dan hocha la tête.

— Je comprends. Est-ce que ça aiderait si je disais que ça n'a rien à voir avec ce qui s'est passé à Wilmington ? Je ne vais pas te mentir, qu'on reprenne là où on s'est arrêtés me plairait beaucoup, mais si tu veux qu'on en reste aux affaires, ça me va aussi.

Graham considéra l'idée. La dernière chose qu'il voulait était bien une relation, et un coup d'un soir avec Dan était hors de question.

— Si nous sommes tous les deux d'accord pour que ça reste professionnel, alors ma réponse est « oui », répondit-il.

Savoir que Dan avait toujours envie de lui fit battre son cœur à toute allure.

— Bien sûr.

Dan rassembla ses notes et les fourra dans sa sacoche, tandis que Graham remettait de l'ordre dans les documents et les replaçait dans les dossiers Redweld.

LE restaurant était quasi plein lorsqu'ils arrivèrent. Ils trouvèrent une table libre près de la fenêtre avec une vue sur la place en contrebas. Une ligne touristique descendait la rue avec son lot de clients saouls à la douzaine, tous pédalant en chantant une chanson des Spice Girls à tue-tête.

— Ça me rappelle Manhattan, railla Dan alors que le serveur déposait leurs plats sur la table.

— Bruyant et bondé.

Ses cheveux décoiffés par la brise lui faisaient ressembler au garçon pour lequel Graham en pinçait autrefois. À présent qu'il avait fait la connexion avec son passé, il était impossible de ne pas les comparer.

— C'est toujours comme ça dans le centre en été. Il y a des concerts en live sur Fayetteville Street, les pubs sont remplis jusqu'à la fermeture vers deux heures du matin, et les gens conduisent avec les fenêtres ouvertes et la musique à fond.

— Terri m'a dit que tu vivais dans le même immeuble que là où se trouve le cabinet.

Graham acquiesça.

— Je l'ai surtout acheté pour sa praticité, et puis, à l'époque, le marché immobilier était au plus bas. L'occasion était trop tentante pour que je passe dessus, et la vue est incroyable.

— Je voulais louer dans le coin, expliqua Dan. En fin de compte, j'ai réalisé que ç'aurait été plus pour moi que pour Lacey, donc je suis parti sur une maison. Mais pour ne pas te mentir, je suis sacrément jaloux.

— Je suis content d'entendre que Lacey se fait à l'endroit, dit Graham avant de siroter sa boisson.

— Moi aussi.

Dan sourit.

— Jusque-là, elle a l'air d'aimer. Et comme elle commence à se faire des amis, je peux enfin me détendre un peu.

— Déménager est toujours très pénible.

Un sujet direct et neutre. Un territoire qui lui était familier. Pourquoi donc les poils de ses bras se dressaient-ils sur ces banalités ? Ils étaient restés côte à côte à de nombreuses reprises au bureau, mais cela avait un goût d'intimité.

Dan hocha la tête.

— À part pour ce qui est des boîtes empilées du sol au plafond dans la chambre d'ami, nous commençons à bien nous installer. J'aurais aimé avoir fini de tout déballer avant que Lacey n'entre à la maternelle.

Il haussa les épaules.

— Tout ne se passe pas toujours comme prévu.

— Vas-tu l'emmener voir ta famille avant que l'école reprenne ?

— J'aimerais surtout la laisser chez eux pour une semaine en août, et peut-être que je prendrai ma moto pour une longue promenade dans les montagnes.

À ces mots, l'attitude de Dan changea complètement.

— Ça fait un bail depuis la dernière fois.

— Tu fais de la moto ?

— Je m'en suis acheté une à l'université.

Dan se mit à rire.

— Un vrai tas d'os. Quand j'ai eu ma première prime, je me suis acheté la moto de mes rêves. Une Ducati Scrambler Classic. Une vraie beauté. J'ai eu la chance de la monter deux fois au total.

Dan sirota sa bière.

— Une petite minute… tu en fais, toi aussi ?

La vérité, c'était qu'il l'avait toujours gardé pour lui, un secret qu'il avait protégé, même de Terri. Pendant des années, faire de la moto avait été quelque chose qu'il faisait en solitaire. Il avait toujours craint que sa passion pour la route disparaisse s'il s'osait à la partager, tels une prière ou un souhait. C'était trop personnel, bien trop connecté à ce qu'il gardait dans l'ombre au fond de lui. Pourquoi avait-il soudain dévoilé son jeu ?

Graham hésita. Le silence entre eux s'étira. Il avala une gorgée de son whisky, laissant la boisson lui brûler la gorge quelques instants. Dan patienta et n'insista pas davantage. Il ne pipa pas un mot. Se comprenaient-ils sur ce point ?

— Lorsque mon beau-père est mort, il m'a laissé sa vieille Harley, finit par admettre Graham, les mots lui échappant sans son consentement.

Il baissa les yeux sur son verre, le visage de son beau-père, son expression quand il lui avait appris à faire de la moto lui revenant à l'esprit. Cela lui avait pris cinq ans pour trouver le courage de la réparer et de la monter. La refaire sienne.

Il leva les yeux vers Dan et lui sourit. Les larmes lui étaient montées aux yeux, mais jamais il ne les laisserait couler devant quelqu'un d'autre.

— Il m'a dit qu'il l'avait achetée en revenant du Vietnam.

Bo Swann lui avait avoué autrefois que cette moto lui avait autant sauvé la vie qu'avaient pu le faire ses compagnons d'armes. Peut-être avait-ce été la même chose pour Graham. Il n'en était pas certain. Ce dont il était sûr, néanmoins, c'est que lorsqu'il était sur sa moto, il se sentait bien. Heureux.

Dan tendit la main le long de la petite table pour venir la déposer sur la sienne dans un geste tendre, et Graham réalisa que son visage trahissait sa pensée. Une étrange vague d'émotions surprit Graham sans qu'il en comprenne l'origine. L'espace de quelques secondes, il laissa ces sensations fleurir, puis les souvenirs d'un rire se firent connaître. Il dégagea sa main.

C'est lui qui t'a blessé.

Comment avait-il si aisément pu l'oublier ?

— Je devrais vraiment y aller, déclara Graham, une tension notable dans ses paroles, même pour ses propres oreilles.

Il fit signe au serveur et lui glissa un billet de cent dollars.

— Ça devrait couvrir nos dépenses.

— Graham, tu n'es pas…

— La note est prise en charge, mentit Graham. C'est pour moi. On se voit dans la matinée.

Il fut sur le chemin de la sortie quelques secondes plus tard, bien conscient de son impolitesse, mais impossible de s'en vouloir pour cette fois. Il avait été stupide de croire que socialiser avec Dan pourrait être une bonne idée.

Une fois dehors, il s'appuya sur le mur de briques pour reprendre ses esprits. Sa respiration se fit hachée. Il chercha dans sa poche l'inhalateur d'autrefois.

Arrête.

Il n'était plus Jimmy Zebulon. Graham Swann n'avait plus eu d'asthme depuis qu'il avait quitté le lycée.

Sa respiration se calma et les battements de son cœur ralentirent. Il prit la route en direction de son appartement, la brise glacée fouettant ses joues, et son cœur reprenant la place qui lui était dû – bien retranché derrière une logique imparable. À l'abri. En sécurité.

Chapitre Douze

— **J'ACCÈDE** à la requête du plaignant, annonça la juge.

Graham jeta un regard à Dan et inclina la tête. Le rictus de Dan lui serra le ventre.

— Votre Honneur… s'insurgea l'avocate de la défense.

— Madame Carroll, comment dois-je vous le dire exactement? Ma décision a été rendue. Votre client remettra les documents à M. Parker avant la fin de la journée, vendredi prochain, ou des sanctions seront prises.

La juge se tourna vers Dan et ajouta :

— Ce fut un plaisir, monsieur Parker, même si j'aurais aimé que nous nous rencontrions dans de meilleures circonstances. Bon retour parmi nous.

— Merci, Votre Honneur.

Dan rassembla ses notes et les fourra dans sa sacoche.

— Qu'est-ce que je disais, chanta Terri en se faufilant à l'avant de la salle d'audience pour venir féliciter Dan. Il est incroyable, non?

— Je n'ai jamais douté de toi.

Enfin, pour être tout à fait honnête, Graham avait douté de son choix en ce qui concernait Dan. Mais contrairement à ce qu'il pensait, Dan s'était débrouillé comme un chef avec l'injonction temporaire et la motion de contrainte. Que ce soit dans la salle d'audience ou dans la vie en général, le comportement décontracté de Dan Parker était exactement ce dont ils avaient besoin. Il avait correctement remis la situation, n'avait jamais levé le ton et d'après l'expression qu'affichait la juge, elle n'avait jamais douté de son jugement.

— Bien joué, salua Terri. Entre lui et toi, vous faites une super équipe bon flic mauvais flic.

Dan éclata de rire.

— Notre approche est différente, comme notre statut, répondit-il humblement. Mon estimé collègue (il inclina la tête en direction de Graham) a une meilleure poigne pour ce qui est des objections.

— Je n'y avais jamais réfléchi de cette manière, répondit Graham avant de secouer la tête.

— Un verre pour fêter notre victoire ? proposa Terri.

— Ce sera sans moi.

Dan regarda son téléphone.

— Je suis censé récupérer Lacey chez mes voisins dans moins d'une heure.

Il hésita un moment avant de reprendre.

— Que diriez-vous de venir chez moi, à la place ? J'ai quelques bons steaks de chez Costco qui vont se retrouver dans le congélateur si personne ne les mange bientôt.

— Ça marche pour moi.

Terri sourit et jeta un regard en biais à Graham.

— D'accord.

Graham n'était pas difficile et il n'avait rien de mieux à faire. Entre la requête en jugement sommaire sur laquelle il venait de terminer de travailler dans l'après-midi et l'audience, il avait sérieusement besoin d'une petite pause, de toute manière.

— Super !

Cela sembla plaire à Dan, chose qui rassura quelque peu Graham. Après l'épisode dramatique du restaurant deux semaines plus tôt et son approche tout bonnement professionnelle depuis lors, il lui semblait être plus que temps pour limiter la casse. Il avait beau ne pas vouloir plus qu'une relation de travail, la dernière chose dont il avait envie était bien de faire fuir un bon avocat avec son déplorable caractère. Et de toute manière, il était vendredi soir et à part se rendre au Chessie dans l'espoir d'un rapide coup d'un soir, il n'avait rien prévu de spécial.

— Dix-neuf heures, c'est trop tôt ? demanda Terri.

— Je couche Lacey à vingt heures trente, donc c'est parfait.

Dan suivit Graham hors de la salle d'audience.

Il aurait suffisamment de temps pour changer de vêtements et aller chercher quelques bières avant de sauter dans sa voiture, direction le nord de Raleigh. Il lui faudrait également trouver quelque chose pour Lacey à DGX en passant. Il avait aperçu plusieurs livres de coloriage et quelques jouets la dernière fois que le papier toilette lui avait manqué.

DAN était en train de terminer de couper les légumes pour la salade lorsque Graham se gara devant chez lui. Il lorgna son Audi R8 noir. Il l'avait vue tant de l'intérieur que de l'extérieur à Wilmington, bien sûr, mais il avait, comme qui dirait, d'autres choses en tête à ce moment-là. Il lui était arrivé de rêver de posséder une telle voiture, mais une deux places était loin d'être idéale pour le covoiturage et les promenades en montagne. Une fois que Graham et Terri auraient officialisé son contrat, peut-être qu'il achèterait ce que Lacey aimait appeler une « voiture pour grands ». Pour le moment, les petits jouets dans le genre pourraient bien attendre encore un peu.

Il ouvrit la porte.

— Entre.

Graham portait un jean délavé et un tee-shirt vert qui lui allait comme un gant et qui faisait ressortir ses yeux. Ses cheveux, qu'il aimait porter bien peignés vers l'arrière, retombaient à présent dans une cascade plus naturelle contre sa peau claire. Comme toujours, il était légèrement mal à l'aise. En apprenant à le connaître un peu mieux, il avait réalisé que l'inconfort de Graham n'était pas dû à sa présence en particulier, mais qu'il s'agissait d'un malaise dont il souffrait lorsqu'il était en contact avec d'autres personnes.

— C'est un petit bout de mystère, avait admis Terri lorsque Dan lui avait demandé de lui en dire plus sur Graham trois jours auparavant. Il ne parle pas beaucoup de sa vie privée.

Pourtant, il y avait toujours ce petit quelque chose qui l'attirait chez Graham, bien qu'il ne sache pas ce que cela pouvait bien être. Bien entendu, son look classique était très séduisant, mais l'apparence ne lui avait jamais beaucoup importé. Peut-être était-ce alors la recherche de ce qui ferait basculer cet homme qui l'intriguait. C'était à se demander si, une fois celle-ci assouvie, Graham reprendrait une place plus normale dans ses pensées. Cela changerait du demi-dieu qui les occupait à présent dans un contexte pour le moins érotique.

Graham lui tendit plusieurs sacs tout en offrant son sourire le plus gêné. Leurs doigts s'effleurèrent, et cela lui demanda toute sa maîtrise de lui-même pour prétendre ne pas avoir ressenti cet éclair d'attirance qui lui serra la poitrine.

— Merci.

Dan jeta un coup d'œil à l'intérieur du sac et y découvrit deux packs de six.

— J'ai pris de la bière acidulée et de l'IPA. Je ne savais pas trop ce que tu préférerais, expliqua Graham.

— Les deux me conviennent. Je t'en sers une ? demanda Dan.

— Je prendrais bien une Monk's Café.

Dan ouvrit l'une des bouteilles et la donna à Graham avant de s'en prendre une à son tour, rangeant le reste des bières à l'intérieur.

— Papa, papa !

Lacey déboula dans la cuisine, se heurtant presque à Graham en passant.

— Ils sont déjà là ?

Graham l'attrapa et la prit dans ses bras. Elle pouffa alors qu'il la reposait doucement.

— J'ai quelque chose pour toi.

Graham lui tendit un sac.

Lacey poussa un cri enchanté en découvrant trois livres de coloriage, une pochette de marqueurs et une grosse boîte de crayons.

— Regarde, papa ! Monsieur Graham m'a fait des cadeaux !

— Et quels cadeaux ! nota Dan.

— Je peux colorier maintenant ? demanda-t-elle.

— Tant que tu t'arrêtes pour dîner, répondit-il. Qu'est-ce qu'on dit à Graham ?

— Merci, monsieur Graham !

Elle était d'ores et déjà en train de déballer les marqueurs.

— Terri est déjà arrivée ? demanda Graham.

— Elle m'a appelé pour me prévenir qu'elle avait un empêchement de dernière minute. Elle n'est pas certaine de pouvoir venir.

L'expression de Graham s'assombrit.

— Je vois, se contenta-t-il de dire.

— Elle nous invite à commencer à manger sans elle, et elle essaiera de passer un peu plus tard, ajouta Dan.

Il n'avait rien pensé du coup de téléphone de Terri, mais à en voir la réaction de Graham, il commençait à se poser des questions. Avoir Graham pour lui seul ne le gênait pas, mais son malaise était évident.

— Sur la terrasse, ça te va ? proposa Dan, s'emparant de l'assiette de steaks et de maïs.

— Pourquoi pas.

Ses yeux se portèrent sur Lacey.

— Elle s'en sortira bien toute seule, le rassura Dan. Et merci de lui avoir ramené un petit quelque chose. C'est gentil de ta part.

Les joues de Graham s'empourprèrent, et il acquiesça, le suivant dehors après avoir récupéré sa bière.

Dan ouvrit le barbecue et de la fumée s'en échappa.

— Ça m'avait manqué, dit-il.

Il n'en avait pas fait depuis que Lacey et lui avaient emménagé en Caroline du Nord.

— Ce qui me manque, c'est mon barbecue au gaz, rétorqua Graham dans un sourire mélancolique. Le syndic n'autorise que l'électrique. C'est loin d'être pareil.

Dan disposa trois épis de maïs sur le grill.

— Comment aimes-tu ton steak ? demanda-t-il en retirant le premier morceau de l'assiette.

— Saignant. Lorsque j'étais petit, ma mère me disait que je mangeais comme un cougar.

Graham sourit.

— Je me souviens de mon semestre passé en France lorsque j'ai découvert pour la première fois les joies du steak tartare. Entre ça et les frites, c'était un vrai délice.

— Ce n'est pas trop mon truc, avoua Dan d'un ton calme. Je suis plutôt tartare de thon et sushi.

— Il y a un super restaurant de sushi pas très loin du cabinet, fit remarquer Graham. Peut-être qu'on devrait y penser pour nos repas mensuels avec l'équipe.

— Je suis pour.

Dan déposa un autre steak sur le grill.

— Puis-je t'aider ? demanda Graham.

— Si tu pouvais attraper des assiettes dans l'armoire à gauche de la cuisinière et trois couverts dans le tiroir juste en dessous ? Il fait bon ce soir, ça ne nous ferait pas de mal de manger dehors.

— Ça me convient. Où est-ce que je peux aller me laver les mains ?

— Il y a une salle de bains à côté de la cuisine, juste au bout du couloir après le frigo, expliqua Dan.

— Je reviens.

Dan garda un œil sur les steaks et l'autre sur Graham qui s'éloignait à l'intérieur.

Séduisant et serviable.

Il se demanda s'il y avait une formule magique capable de rendre Graham ainsi tout le temps. Il pouffa.

Personne n'est parfait.

Pourtant, lorsque Graham souriait comme ça, il était aisé d'oublier ses défauts.

Chapitre Treize

GRAHAM jeta un regard par-dessus l'épaule de Lacey, découvrant le gribouillis arc-en-ciel dont elle avait auréolé un chiot portant un énorme nœud papillon autour du cou.

— J'aime beaucoup le résultat, annonça-t-il. Qu'est-ce qui t'a donné envie d'ajouter toutes ces couleurs ?

Elle lui sourit.

— Je ne savais pas quelle couleur choisir alors je les ai toutes utilisées.

— Bonne idée. Ce chiot m'a l'air bien heureux.

— Oui. Très très heureux.

Elle sortit un marqueur jaune fluo de sa pochette et commença à ajouter des ronds sur le manteau du chien.

Graham l'observa dessiner quelques minutes avant de réaliser qu'il ferait mieux de se mettre au travail au risque que les steaks soient cuits avant que la table n'ait été mise. Il s'apprêtait à se diriger vers la salle de bains lorsqu'il aperçut un cadre photo sur l'étagère. Dan et un autre homme, enlacés. Dan portait un nourrisson.

— C'est mon papa Benn, s'exclama Lacey.

— Oh.

Graham ne savait plus quoi dire. Il avait pourtant été certain de l'hétérosexualité de Dan. Aux dernières nouvelles, avant qu'il ne quitte Nashville, Dan et une fille quelconque étaient prêts à se fiancer durant leurs années supérieures. Du moins, c'est ce que les rumeurs avaient impliqué.

— C'est un ange maintenant, ajouta-t-elle d'un ton enjoué.

Était-il veuf? Terri n'en avait pas fait mention; Dan, encore moins.

Et tu ne lui as jamais posé la question.

Les pièces du puzzle commencèrent à faire sens. Dan n'avait jamais mentionné la moindre femme, épouse ou petite amie, de toutes leurs heures passées ensemble au travail. Ça avait toujours été Dan qui s'était occupé d'aller chercher Lacey à la garderie. Mais il n'avait pas non plus vu Lacey lors de la compétition de triathlon. Était-il possible que sa mère se soit occupée d'elle pour l'occasion? Ce qui devait signifier que la nana qui l'attendait à l'hôtel était bien de petite taille. Et qu'elle avait quatre ans.

En quoi cela importait-il vraiment?

Le lycée était une époque révolue. Ils n'étaient plus les mêmes, aujourd'hui. Et de toute manière, la dernière chose dont Graham avait besoin était d'une relation, et encore moins avec un collègue.

— Hé.

La voix de Dan le fit sursauter.

— Dé… Désolé.

Graham reprit une expression neutre.

— J'ai traîné. C'est ce livre de coloriage, et ensuite…

Pourquoi dis-tu ça?

Dan s'empara de la photographie et sourit.

— Benn et moi avons adopté Lacey lorsqu'elle avait moins d'un an, offrit Dan d'une voix douce et pleine d'affection. Il est décédé un peu moins d'une année après ça. Une crise cardiaque. Il avait quinze ans de plus que moi, mais tout de même, je pensais que nous aurions plus de temps que ça.

Dan poussa un soupir.

— Toutes mes condoléances, déclara Graham, ne sachant quoi répondre. Je n'avais pas l'intention d'être indiscret.

— Tu ne l'as pas été. Mais merci quand même.

Dan pinça les lèvres.

— Nous nous en sortons bien. C'est plus évident maintenant avec seulement une quinzaine de minutes de route. Avant, nous n'avions jamais une minute à nous durant la semaine.

— Je suis content que ce déménagement vous profite à tous les deux.

— Nous aussi.

Dan porta des yeux pétillants sur Lacey.

Ce n'était pas de la tristesse qui s'y reflétait, mais quelque chose que Graham reconnut immédiatement : de l'amour.

L'espace d'une seconde, Graham se demanda ce qu'on ressentait lorsqu'on était l'objet d'une émotion si profonde. Il écarta cette pensée.

— Je n'y ai pas mis beaucoup du mien, dit-il, dans l'espoir de dissiper le malaise familier qui lui venait dès qu'il pensait à ses relations, ou même pire : à ses sentiments. Laisse-moi me laver les mains et je m'occupe de mettre la table.

Cinq minutes plus tard, Dan disposa les steaks et les épis dans un plat. Il avait ce dernier en équilibre lorsque Lacey surgit sur la terrasse et s'élança dans le jardin, lui coupant si brusquement la route qu'il dut s'arrêter au beau milieu d'une foulée pour ne pas la bousculer. Graham attrapa son bras avant qu'il trébuche et sauva les steaks de son autre main. L'épaule de Dan était calée contre son torse et, au lieu de s'écarter pour éviter le contact, Graham hésita.

D'aussi près, il pouvait sentir le parfum subtil de l'eau de Cologne de Dan et remarquer les petits cheveux qui lui collaient à la nuque. Dan ne parut pas plus pressé que lui de s'éloigner. Il laissa à Graham toute liberté d'action, comme s'il en avait l'intention lui-même.

— Tout va bien ? demanda Graham lorsque le silence s'allongea.

Dan acquiesça et se dégagea.

— Je me suis peut-être froissé un muscle en passant, avoua-t-il en se frottant la nuque. Je ne suis plus aussi agile qu'autrefois.

Graham lui sourit et déposa les steaks sur la table, espérant que la rougeur de ses joues n'était pas si évidente.

Lacey fredonnait doucement en se balançant d'avant en arrière sur la balançoire accrochée à l'un des arbres. Les cigales chantaient et une légère brise agitait les buissons à proximité. Une belle soirée.

Une soirée romantique.

Autrefois, Graham s'était imaginé ce genre de soirées. Il en rêvait à l'époque, mais il avait appris à ignorer ses rêves depuis lors. En grandissant, les femmes rêvaient d'un futur plein de romance. Les hommes étaient supposés y être insensibles, aussi avait-il enterré cette part plus douce de sa personnalité, embarrassé de ressentir quoi que ce soit, ou même pire : d'espérer quoi que ce soit. Et lorsqu'il avait réalisé que ces fantasmes existaient pour les femmes exclusivement, il les avait tout bonnement étouffés. Jusqu'au jour où Danny avait aidé Laurie Stokes au lycée.

— Qui a faim ?

La voix de Dan pénétra ses souvenirs, qui disparurent sous l'assaut de la réalité. Ce n'était pas un rêve d'adolescent. Ils étaient adultes, et le monde était différent.

— J'en ai déjà l'eau à la bouche, dit Graham en s'asseyant.

— Lacey, appela Dan. Va te laver les mains. On va manger.

Lacey poussa un soupir dramatique, sauta de sa balançoire et courut à l'intérieur.

Graham se ressaisit et reprit le contrôle sur ses émotions. Il ferait comme il en avait l'habitude dans ce type de situations : il garderait ses distances.

Chapitre Quatorze

DAN s'attela à remplir les assiettes, mais ses pensées n'étaient pas à la nourriture. Elles étaient dirigées vers la proximité de Graham et ses bienfaits. Combien de temps s'était-il écoulé depuis la dernière fois où il s'était autorisé à ressentir autre chose qu'une torpeur familière pour un autre homme ? Sans oublier qu'une autre pensée faisait écho au loin ; c'était une grave erreur de ressentir de telles choses pour un collègue avec lequel il travaillait si étroitement et qui détenait les clés de son futur au cabinet. Au moment présent, il s'en fichait bien.

Peut-être était-ce la douce lueur illuminant la terrasse, mais Graham paraissait plus détendu que lors de son arrivée. Ressentait-il une attraction similaire ? Il souriait certainement davantage ce soir. Mais cela pouvait tout aussi bien être dû à Lacey et la magie qui s'opérait sur tant de personnes en sa présence. Ou peut-être était-ce parce qu'ils n'étaient plus dans un contexte professionnel.

— C'est délicieux, déclara Graham en croisant le regard de Dan. Merci pour l'invitation.

La note de malaise dans sa manière d'être était étrangement touchante.

— Merci. C'est la première fois que j'utilise ce barbecue depuis l'emménagement. Lorsque je faisais la navette jusqu'en ville, Lacey et moi nous assurions de toujours passer nos dimanches ensemble. Et quand le temps s'y prêtait, nous jouions dans le jardin et faisions cuire notre repas sur la terrasse.

Il haussa les épaules.

— Nous avons été si occupés à déballer les cartons que j'en avais presque oublié à quel point c'était agréable.

— Mon beau-père faisait les meilleures côtelettes de porc, révéla Graham.

Dan décela de la mélancolie dans son regard à ces mots.

— Lorsque je revenais à la maison lors de mes années universitaires, il invitait toujours quelques voisins, et ma mère préparait son imparable salade de chou. Chaque fois, c'était le meilleur accueil dont je pouvais rêver.

— Du beurre, papa, annonça Lacey en pointant un épi de maïs sur Dan.

— Je n'ai pas entendu le mot magique, insista Dan.

— Du beurre, s'il te plaît, répondit-elle.

Dan s'empara de l'épi et l'enfourcha d'un porte-épis de chaque côté. Il le badigeonna, le sala et le lui rendit.

— Lacey ? fit Dan.

— Quoi ?

Dan soupira.

— Qu'est-ce qu'on dit ?

— Merci ! s'exclama-t-elle gaiement avant de croquer dans le maïs.

— Tu es vraiment très polie, Lacey, observa Graham.

— Papa dit que je dois l'être, répondit-elle, la bouche pleine.

Dan fit une grimace, et Graham et lui éclatèrent de rire.

— J'essaie, tout du moins, soupira Dan. Nous travaillons encore sur « ne pas parler la bouche pleine ».

— Je n'étais pas non plus très bon avec celui-là, admit Graham avec un sourire dépréciateur.

— J'ai beaucoup de mal à y croire, rétorqua Dan.

Les manières de Graham étaient plus que parfaites. L'étiquette n'avait aucun secret pour lui, de toute évidence. Même sa manière de se déplacer était sophistiquée. De loin, on ne remarquerait jamais la légère maladresse derrière cet extérieur de marbre. Dan aimait ce contraste ; cela le rendait plus humain, plus approchable. Du moins, la plupart du temps.

— Tu serais surpris, répliqua Graham.

Il parut être sur le point d'en dire plus sur le sujet, mais se rétracta à la dernière seconde. À la place, il leva un morceau de steak jusqu'à sa bouche et mâcha de cette manière gracieuse qu'il employait à toutes les tâches.

— Graham Swann mangeait la bouche ouverte ? rit Dan. Voilà quelque chose que j'aurais bien voulu voir.

— Je peux t'assurer que ce n'était pas un beau spectacle.

Graham jeta un regard à Lacey, qui dévorait son épi à toute vitesse, et ajouta :

— Lacey s'en sort mieux que moi à l'époque.

— C'est une brave fille, affirma Dan. Mais elle en reste une gamine normale. Nous avons notre lot de disputes. Pas vrai, Lacey ?

Elle acquiesça énergiquement, son visage couvert d'une couche de beurre et de maïs. Le temps des crises à se rouler sur le sol au milieu du supermarché était passé, mais Lacey avait toujours ses périodes. Quant à lui, il était loin d'être la parfaite figure parentale, mais Lacey avait bien tourné de manière générale. Et c'était ça le but, non ?

Une heure plus tard, Dan et Graham rassemblèrent la vaisselle et la ramenèrent à l'intérieur. La conversation s'en était tenue aux sujets agréables, et Dan avait profité de la compagnie de Graham. Ayant envoyé Lacey à l'étage pour se brosser les dents et enfiler son pyjama, Dan se mit à nettoyer les assiettes, tandis que Graham s'attelait à les sécher.

— Le lave-vaisselle est en panne depuis une bonne semaine. Je n'ai pas encore eu le temps d'appeler un réparateur, pas avec toutes les audiences.

— Pas de problème. Ça ne me dérange pas de la sécher. C'est… relaxant.

Graham déposa une assiette et tendit la main pour attraper la suivante, effleurant le bras de Dan ce faisant.

Ce dernier releva les yeux. Graham le scruta, son masque habituellement parfait laissant place à une expression tendre et douce. Ouverte. Peut-être était-ce dû aux deux bières qu'il avait bues pendant le dîner. Ou peut-être était-ce leur agréable conversation ou cette superbe soirée d'été. Quelle qu'en soit la raison, Dan n'y réfléchit pas davantage. Il se pencha et l'embrassa. Et Graham lui retourna son baiser.

Dan savoura le contraste entre la douceur de ses lèvres et la légère rugosité de ses joues. Il chercha sa langue qu'il vint racler sur ses dents lisses. Graham se rapprocha, le rassurant par la chaleur de son corps et le laissant pantelant, ébranlé. Graham glissa ses doigts dans ses cheveux à la base de sa nuque, le plaisir le tourmentant de part en part. Dan explora le relief de ses hanches, ses doigts retraçant chaque creux et remontant le long de sa colonne vertébrale. Le désir marqué de Graham pressé contre sa cuisse lui indiqua qu'il n'était pas le seul à en vouloir plus.

Dan imagina passer ses doigts sur une peau dénudée, tendre l'oreille vers ses respirations haletantes tandis qu'il explorait chaque sommet et chaque vallée de son torse. Il ravala un gémissement et se concentra sur la bouche délicieuse et la manière dont Graham avait de l'enlacer.

— Papa, cria Lacey du haut des escaliers. Je ne trouve pas Sammy !

Graham et lui se détachèrent, peinant à reprendre leur souffle, leur contenance. De retour à la réalité, Dan expira un souffle lent entre ses lèvres pincées et offrit à Graham un sourire rassurant. Graham ne le lui rendit pas.

— Je reviens, dit Dan, ses yeux toujours vissés sur Graham.

— Je devrais y aller, rétorqua Graham.

La gêne se fit évidente dans son regard, mais son désir l'était tout autant.

— Tu n'es pas obligé de partir. Je n'en ai que pour quelques minutes et nous…

— On se voit lundi.

Distant. De nouveau, il avait enfilé son masque.

— Papa !

Lacey déboula dans la cuisine, attrapa la main de Dan et se mit à le tirer hors de la pièce.

— Bonne nuit, Lacey, lui souhaita Graham. Tu me montreras tes coloriages une prochaine fois.

Il sembla se rendre compte qu'il venait de s'inviter de nouveau, et le rouge lui monta discrètement aux joues.

— Cela nous ferait plaisir, répondit Dan en faisant un clin d'œil à Lacey. Pas vrai ?

Peut-être ce baiser n'avait-il pas été une erreur, en fin de compte.

— Hum.

Lacey lâcha Dan et courut vers Graham, qui l'intercepta et lui fit un gros câlin avant de la reposer par terre.

— Papa et moi, on va à l'acwarium la semaine prochaine. Tu viens, dis ?

— L'aquarium, l'interrompit Dan. C'est celui près de Kure Beach.

Graham pouffa.

— Je m’en doutais.

— Lacey, je suis sûr que M. Graham…

— Aimerait beaucoup y aller, termina Graham à sa place. Ça fait des années que je n’y ai plus mis les pieds.

— Es-tu certain que c’est ce que tu veux?

Graham acquiesça.

— Quand comptez-vous y aller?

— Samedi, répondit Dan. Dimanche, si la météo s’en mêle.

Graham n’avait pas non plus envie de prendre la voiture sous une pluie battante.

— Tiens-moi au courant.

— Il va venir, il va venir, s’exclama Lacey en se tortillant hors de l’étreinte de Graham. Papa, il a dit qu’il allait venir!

Dan éclata de rire.

— J’avais entendu la première fois. Rappelle-moi ce qu’on a dit à propos du ton de ta voix à l’intérieur?

Lacey pressa ses lèvres ensemble et baissa les yeux, puis les releva sur Graham lorsqu’elle crut que Dan n’en verrait rien. Ce dernier ravala un reniflement et fit un clin d’œil à l’autre homme.

— Il faut vraiment que j’y aille.

Le rouge colorait toujours ses joues.

— Merci pour ce soir.

— Pas de problème.

Dan déglutit visiblement. L’espace d’un moment, l’effet de leur baiser et sa bienveillance envers Lacey lui firent perdre pied.

— On se voit lundi, alors.

— Oui.

Dan prit Lacey dans ses bras et raccompagna Graham jusqu’au hall d’entrée. Lorsque Graham ouvrit la portière de sa voiture, Lacey cria :

— Au revoir, monsieur Graham!

Ils regardèrent sa voiture disparaître le long de l’allée.

— Il est temps d’aller au lit, déclara Dan en portant Lacey jusqu’en haut. Tu as ton cours de natation demain matin et tu auras besoin d’être bien reposée.

Il ne savait pas bien comment allait être son sommeil, mais celui qui allait hanter ses rêves ne faisait aucun doute pour lui.

Chapitre Quinze

GRAHAM arriva au bureau vers sept heures lundi matin, après avoir fait une heure de sport supplémentaire. En faire l'aidait toujours à se concentrer sur les choses qui importaient. Et il en avait besoin, aujourd'hui, plus que tout autre jour. Mais en dépit du bureau complètement vide et de cette heure à se dépenser, il se surprit à regarder le dossier qu'il était censé étudier sans en comprendre un mot. À plusieurs reprises.

Il soupira et avala une autre longue gorgée de son café. À quoi pensait-il donc, en l'embrassant ainsi ? Et ensuite, en acceptant d'aller à l'aquarium avec eux.

C'était une belle erreur.

Il se l'était répété une bonne dizaine de fois au cours du week-end, et chaque fois, sa détermination avait tenu jusqu'à ce qu'il se rappelle la satisfaction d'avoir sa bouche contre la sienne et de sentir son corps pressé au sien.

Bien sûr que cela faisait du bien! Il avait un corps d'athlète, un bon caractère et un esprit aiguisé. Dans quel monde cela serait-il insatisfaisant?

— C'est ridicule.

Il se frotta l'arête du nez et pressa ses mains contre son visage. Il avait besoin d'y réfléchir longuement. Et trouver une excuse pour annuler leur sortie à l'aquarium, car ça ne pouvait qu'empirer les choses. Il fallait qu'il les déçoive, d'une manière ou d'une autre, pour que…

— C'était si terrible?

Il sursauta en entendant la voix de Terri.

— Un de ces jours, je vais vraiment… fit-il.

— Me remercier pour mon sixième sens et ma charmante personnalité?

— Quelque chose comme ça.

Il but une énième gorgée de café et releva les yeux vers elle.

— Comment était ta soirée de vendredi? demanda-t-elle avec un sourire décontracté.

— Tu m'as piégé.

— Tu ne réponds pas à ma question. La soirée de vendredi, alors?

Elle s'installa sur le coin de son bureau et croisa les jambes.

— C'était passable, mentit-il.

— C'est cela même. Et c'est pour ça que tu as un air rêveur sur le visage et les cernes qui vont avec.

Elle croisa les bras sur sa poitrine et arqua un sourcil, lui rappelant Katharine Hepburn s'apprêtant à livrer à Spencer Tracy le fond de sa pensée. C'était une des choses qu'il aimait tout particulièrement chez Terri, et également ce pour quoi il lui faisait tant confiance.

— Terri…

— Hmm ?

— Que veux-tu que je te dise? grommela-t-il.

— Tu n'as pas l'air de m'en vouloir plus que ça.

Bien sûr, elle ne nierait pas les avoir piégés.

— Donc, je présume que tu as passé une bonne soirée.

— Non. Et oui.

Il serra les dents, avant de relaxer les muscles de sa mâchoire.

— Mais?

Il poussa un soupir et secoua la tête.

— J'ai accepté d'aller à l'aquarium avec Dan et Lacey la semaine prochaine.

— C'est super !

— C'est une erreur, on ne mélange pas vie privée et vie professionnelle.

— À quand remonte ton dernier rendez-vous ? Non, oublie ça. À quand remonte la dernière fois où tu as regardé un homme et envisagé plus d'une nuit ensemble ?

Si elle savait !

— Un bon avocat ne pose pas de questions à un témoin sans d'ores et déjà connaître sa réponse.

Son rire chantant envahit la pièce.

— La réponse est « depuis bien trop longtemps ».

Il n'avait jamais explicitement parlé de sa vie amoureuse, bien qu'elle ait toujours été ouverte à propos de la sienne.

— Je n'ai pas besoin d'une entremetteuse, et encore moins d'une relation.

Elle haussa les épaules.

— Parfois, les choses les plus évidentes ressortent lorsqu'on adopte un point de vue différent.

— Je n'ai pas besoin de ton aide.

Combien de fois devrait-il lui répéter pour qu'elle comprenne ?

— Et de toute façon, cela engendrerait bien trop de complications.

— Elles n'ont pas lieu d'être si les deux personnes impliquées sont comme les adultes qu'ils sont, répliqua-t-elle. Vous travaillez bien ensemble, je peux le voir. Tu l'admires.

— M'impliquer avec lui est une trop grosse erreur. Si les choses ne se passent pas comme prévu…

— Si c'est le cas, vous agirez comme des adultes.

— Tu es censée me dire que sortir avec un collègue est une mauvaise idée, rétorqua-t-il.

Lui, au moins, savait parfaitement que c'en était une.

Elle sauta de son bureau.

— Qu'est-ce que *tu* veux, toi ?

Elle plissa les yeux et maintint son regard, comme si elle le mettait au défi de lui répondre. C'était l'expression qu'elle utilisait en pleine audience. Et il savait très bien qu'il était capable d'y résister, mais pour une raison qui lui échappa, il n'y parvint pas cette fois-ci.

Il inspira longuement avant de reprendre.

— Je n'en sais rien.

Elle le dévisagea, clairement surprise.

Il se mit à rire.

— Tu t'attendais à ce que je rejette l'idée en bloc.

— Oui.

Elle rit à son tour et secoua la tête.

— Ce qui veut dire…

— Rien du tout, termina-t-il.

— Touché.

— Je veux le prendre officiellement dans l'équipe, admit-il.

— Tu vas te donner un coup du lapin à force d'osciller d'un sujet à l'autre, comme ça.

— Une objection, Maître ?

— Aucune. C'est quelqu'un de bien.

Elle haussa un sourcil et ajouta :

— Mais crois-tu pouvoir le supporter ? Une collaboration signifie qu'il sera là encore pour un moment.

— Ce n'est rien que je sois incapable de gérer.

C'étaient des conneries, purement et simplement, mais pour une fois, elle ne les lui exposa pas en pleine figure.

— C'est juste un travail.

Il allait laisser Dan et Lacey lui échapper petit à petit et il annulerait le rendez-vous à l'aquarium.

Elle se faufila jusqu'à la porte et lui fit signe en la passant.

— Mais bien sûr, marmonna-t-elle.

— Qu'est-ce que c'était que ça ?

— Tout va bien dans le meilleur des mondes, s'exclama-t-elle par-dessus son épaule avant de refermer la porte derrière elle.

Il s'appuya contre le dos de sa chaise et ferma les yeux. Il lui suffirait de se rappeler que tout cela n'était que du business et tout irait bien, voilà tout.

Chapitre Seize

DAN arriva au bureau un peu après huit heures, une fois qu'il eut amené Lacey jusqu'à la maternelle, qui se trouvait à cinq pâtés de maisons. Cela lui avait pris un peu de temps pour l'inscrire, mais ce nouvel arrangement était mille fois plus avantageux que le précédent. À plusieurs reprises, il avait même pu ramener son déjeuner et manger avec elle sur la pelouse du Capitole de l'État.

Il jeta sa veste sur l'une des chaises et desserra sa cravate. Il faisait plutôt chaud à l'extérieur pour un jour de fin octobre. Sa mère avait éclaté de rire lorsqu'il lui avait dit qu'il commençait à se faire à l'endroit et qu'il se réjouissait que le plus gros de la neige soit resté bien sagement chez elle.

— Tu es là-bas depuis trop longtemps, avait-elle noté à la douceur de son accent traînant de montagnarde. Nous serions ravis de vous revoir ici, Lacey et toi. Il fait bien plus tempéré en été. Tu verras.

Il la remercia pour son offre, mais au fond, il savait parfaitement qu'il ne réemménagerait jamais là-bas. Les montagnes étaient superbes, mais les souvenirs de son enfance n'étaient pas de ceux qu'il voulait se remémorer.

Des années à essayer d'être celui qu'on attendait de lui avaient laissé leur marque. Lorsqu'il avait rencontré Benn après la fac – ce fier Benn qui ne cachait rien, rien du tout, de ses préférences –, le monde s'était finalement ouvert à lui. Sa mère avait appris à l'aimer, lui aussi. Son père était venu à leur mariage, mais cela s'était fait non sans malaise. En fin de compte, c'était Lacey qui était parvenue à faire tomber le mur qui entravait le cœur de son père. Ce dernier et Benn n'avaient jamais été très proches, mais son père avait tout de même pris la peine de monter dans un avion avec sa mère pour les funérailles.

La vie continue.

Dan se passa une main dans les cheveux en ouvrant l'une de ses pochettes. Presque au même moment, quelqu'un frappa à la porte. Il leva les yeux pour voir Graham passer sa tête à travers l'embrasure d'une porte à moitié ouverte.

— Est-ce que je te dérange ?

Graham paraissait encore plus mal à l'aise qu'à son habitude. Il y avait fort à parier qu'il regrettait le baiser de vendredi dernier, tout comme l'invitation de Lacey. Dan savait qu'il ne devrait pas être si déçu du résultat, mais il avait sincèrement espéré que Graham se sentirait mieux avec lui après le week-end.

Il n'avait pas encore décidé s'il allait laisser Graham s'en sortir si facilement ou s'il comptait le pousser dans une direction qui lui plairait éventuellement. Il savait qu'il ne jouait pas franc-jeu, mais devoir gérer Graham était loin d'être une partie de plaisir. S'il n'avait vraiment pas envie d'être en sa présence, il trouverait bien un moyen pour s'en délester.

— Pas du tout. Je t'en prie. Entre.

Dan fit un geste en direction de l'un des fauteuils.

— Merci.

Graham s'installa, le dos bien droit. Des cernes noirs assombrissaient son regard.

Dan s'attendait à ce qu'il dise quelque chose, mais durant un long moment, il resta parfaitement silencieux.

— J'ai passé une très bonne soirée vendredi dernier, déclara Dan afin de mettre Graham à l'aise.

Les épaules de l'autre homme s'élevèrent et retombèrent, comme si ces mots venaient de libérer la tension les assaillant.

— À ce propos. Je veux m'excuser. Je ne voulais pas que les choses aillent aussi loin.

Graham fronça les sourcils.

Dan étouffa un soupir et se força à oublier le goût de ses lèvres charnues. Il avait envie de l'embrasser une nouvelle fois, mais il s'était attendu à ce que Graham se dégonfle.

— As-tu prévu quelque chose pour le déjeuner? demanda Graham avant que Dan ne puisse réfléchir à quoi répondre. J'aimerais que nous discutions de la suite des événements.

— Je… ça me va.

L'offre était inattendue, tout comme l'était une éventuelle discussion afin de trouver un moyen de surmonter Wilmington, mais elle était bienvenue. Peut-être que s'ils parvenaient à en parler, Dan serait en mesure de le persuader de donner une chance à leur relation hors du bureau.

— Bien, fit Graham comme s'il venait de conclure un arrangement après de longues négociations.

— J'ai un call à onze heures. Midi et quart, ça marche pour toi?

— Ça devrait.

Graham se léva, effectua quelques pas et fit volte-face.

— Des sushis?

— Ce serait parfait.

— Dans ce cas, on se voit à cette heure-là.

Graham hésita juste un moment, puis disparut.

Dan expira longuement. Le déjeuner se ferait fortement attendre.

GRAHAM attrapa un morceau de thon aux épices et jeta un regard à Dan qui se trouvait en face de lui, juste derrière la petite table. Petit à petit, la tension nouant ses épaules et son dos s'apaisa, comme si se retrouver au centre de l'attention décontractée de Dan lui permettait de détendre ses muscles. Avec chaque éclat de rire, chaque inclinaison de sa tête, chaque sourire chaleureux, Graham se détendait davantage.

C'étaient les affaires. Rien de plus, rien de moins.

Lorsqu'ils s'étaient installés dans un coin de ce petit restaurant, Graham avait fait de son mieux pour s'assurer qu'il ne touche pas accidentellement la jambe ou le pied de Dan des siens. Éviter son toucher n'était pas une tâche facile, surtout avec le peu de marge de manœuvre dont ils disposaient d'une table à l'autre. Les genoux de Graham commencèrent à devenir douloureux en raison de la drôle de position, et il s'agita sur sa chaise, pressant malencontreusement son genou contre celui de Dan. Il se tendit, mais ce dernier ne sembla pas en prendre outrage. Graham fit comme si de rien n'était.

— Terri et moi sommes agréablement surpris par ton travail, déclara Graham dans l'espoir de faire taire le bourdonnement de plaisir qui s'était réveillé à leur contact. Nous aimerions t'offrir un partenariat sans apport de fonds avec la possibilité d'une association officielle d'ici cinq ans.

— Je vois. Merci beaucoup. Mon intérêt est piqué.

Une étincelle que Graham ne comprit pas vraiment scintilla dans son regard. Avait-il attendu autre chose de leur conversation ?

— Bien. Dans ce cas, je vais préparer le contrat, poursuivit Graham. En attendant, mon comptable va s'occuper de sortir quelques chiffres pour qu'on puisse avoir un rapport statistique de l'entreprise. Cela devrait te donner une idée du degré de retour sur investissement. Et ensuite, nous pourrons parler de l'accord de rachat des parts.

— Cela ne presse pas.

Dan y parut parfaitement insensible.

Graham comprenait que ce n'était que le début des négociations. Il comprenait également que Dan ne voulait pas paraître trop intéressé. Ça n'avait rien de personnel. Pourtant, il ne put s'empêcher de grincer des dents devant son manque d'enthousiasme.

— Bien entendu, répondit-il avec plus de force que nécessaire.

Dan lui sourit de nouveau, sirota son thé et déposa sa tasse.

— Je suis honoré que tu me trouves suffisamment efficace pour prolonger l'offre.

Graham s'empara de son verre d'eau et inspira profondément. Il pouvait reconnaître une main tendue lorsqu'il en voyait une, même s'il lui fallait toujours toute sa concentration pour assurer sa relaxation. Il ne laisserait pas cet homme lui glisser dans la peau.

— Bien.

— Lacey est en train de faire un dessin à ton attention, dévoila Dan en plongeant un morceau de thon dans un mélange de sauce soja et de wasabi. Elle m'a demandé si on pouvait aller à l'aquarium aujourd'hui.

Graham se mit à rire. Il savait que Dan usait de ce stratagème pour changer de sujet, mais pour une fois, il ravala l'envie de remettre la conversation sur des rails plus professionnels. S'ils comptaient travailler main dans la main, il fallait qu'il fasse des efforts pour Dan également.

— C'est une gentille fille.

Il avait tant envie de dire à Dan à quel point il était un bon père, mais il y avait quelque chose qui lui semblait trop personnel dans cet aveu, aussi se tut-il.

— Merci pour elle. Je lui ai répondu qu'elle devait apprendre à être patiente. Et que M. Graham et papa devaient un peu travailler de temps en temps.

Graham ressentit un étrangement sentiment d'anticipation, d'angoisse, à parler de ce voyage jusqu'à la côte. Mais au lieu d'admettre à Dan qu'il préférait se retirer du projet, il dit :

— Dis-lui que j'ai hâte également, s'il te plaît.

— Ce sera fait. Et je suis content que tu viennes avec nous.

Graham baissa les yeux sur son assiette, bouche bée. Pourquoi bavarder ainsi était-il si difficile pour lui ? Il avala une gorgée de thé et prit son courage à deux mains. Qu'est-ce que cela pouvait bien faire si Dan pensait qu'il était bizarre ? Il n'avait rien à prouver.

— Être père célibataire doit être un vrai challenge, finit-il par dire.

— Parfois, oui.

Sa gentillesse et la réponse factuelle semblaient naturelles. Si le sujet était sensible pour lui, il n'en montrait rien.

— Mais je savais dans quoi je m'embarquais lorsque nous l'avons adoptée, Benn et moi. Je ne m'attendais simplement pas à ce qui est arrivé ensuite, mais il n'y a jamais aucune garantie.

— Ce premier jour, tu étais en retard à cause de Lacey, je me trompe ? fit Graham.

Dan inclina la tête, les lèvres légèrement entrouvertes.

— J'ai eu quelques problèmes avec la baby-sitter, oui.

— Je n'aurais pas dû m'en prendre à toi comme je l'ai fait.

Les mots étaient sur le bout de sa langue :

— Je suis désolé.

Les yeux de Dan s'écarquillèrent et les coins de sa bouche s'incurvèrent.

— Pas de ça. Tu as tous les droits d'attendre de tes employés qu'ils arrivent à l'heure. Surtout lors de leur premier jour.

— Il y a autre chose que j'aimerais te demander, admit Graham, enhardi.

— Demande donc.

— Cette nuit… à Wilmington… Où se trouvait Lacey ?

Dan poussa un soupir et hocha la tête.

— Mes parents se sont proposés pour la course. Et si je devais deviner, je dirais qu'elle est encore parvenue à ses fins, pour ne pas changer.

— Comment ça ?

— Ils ont beaucoup de mal à lui dire « non ». C'est un truc de grands-parents. Pendant que j'étais ailleurs, ma mère l'a emmenée à la fête foraine. D'après ce que j'ai compris, elle a fait une overdose d'ailes de poulet frit et de milk-shake. Elle a tout vomi et elle avait l'air tellement mal ensuite…

Dan croisa son regard.

— Je suis désolé. Ce n'était pas juste de te laisser en plan sans rien expliquer.

— J'ai eu de meilleurs premiers rendez-vous, admit Graham, sans tout de suite réaliser ce qu'il impliquait avec ces mots.

Expliquer ce qu'il voulait vraiment dire ne servirait qu'à attirer encore plus l'attention sur son lapsus, aussi en resta-t-il là.

— Pourquoi ne pas tout simplement m'avoir dit la vérité ?

— Je n'ai pas réfléchi. J'étais très nerveux à ce moment-là. Me croirais-tu si je te disais que tu es le premier homme avec qui j'ai envisagé de coucher depuis la mort de Benn ?

— Je te crois, mais cela me surprend. Tu avais l'air vraiment dans ton élément au pub.

Dan leva sa tasse de thé et la tint entre ses paumes.

— J'ai toujours été plutôt bon acteur. Et puis, tu avais l'air de te sentir seul, tout comme moi.

Graham déglutit. Était-ce de quoi il avait l'air ? Terri était la seule à le lui avoir fait remarquer jusque-là, et voilà que cet homme qu'il venait tout juste de rencontrer s'en rendait immédiatement compte.

— Je ne cherchais rien de sérieux lors de notre rencontre, admit Dan. Mais ça m'avait eu l'air d'être le bon moment et la bonne personne. La dernière chose dont j'avais envie, c'était bien de te laisser tomber comme ça.

Graham ne savait pas quoi dire. Il changea de sujet.

— Terri m'a dit que tu jouais dans l'équipe de foot à l'université.

Dan acquiesça.

— J'étais plutôt bon.

Dan dans toute sa splendeur : humble et minimisant la réalité.

— Je me suis explosé le genou à l'université. Ça m'a fait perdre ma bourse.

— Je suis désolé. Je n'aurais pas dû…

— C'est la meilleure chose qui aurait pu m'arriver.

— La meilleure, répéta Graham, abasourdi.

Il avait toujours pensé que c'était sa passion.

— Ça peut paraître étrange, expliqua Dan. Mais toute ma vie tournait autour du sport à l'époque.

Il sourit et leva les yeux vers le ciel un moment, comme s'il revivait un souvenir. La douleur était évidente dans son regard.

— Ça m'écœurait.

— Ça… quoi ?

— Ouais. Ça m'écœurait.

Dan hocha la tête.

— Cela représentait tout ce que je n'étais pas. Et je me détestais d'adhérer à de telles conneries, mais je ne faisais rien non plus pour changer la donne. Je jouais le jeu, et je ne parle pas de football là. Je prétendais être la personne qu'on voulait que je sois. Je pensais le devoir au reste du monde.

Il soupira.

— Je me détestais. Et lorsque j'ai enfin fait mon coming-out, j'avais l'impression d'avoir le monde à mes pieds et de pouvoir enfin être qui je voulais.

Il marqua une pause, ses joues s'empourprant à cet aveu.

— Je sais que ça a l'air dingue, dit comme ça.

— Pas du tout.

La vie n'avait pas pris le cours qu'il aurait aimé emprunter pour lui non plus, mais Graham n'avait jamais regretté d'avoir fait la paix avec lui-même.

Dan croisa son regard et toucha sa main. Ce geste n'avait rien de charnel, c'était un contact plein de gentillesse et de compréhension. De réconfort. La colère qui remonta au souvenir de la boue dans laquelle il avait fini avachi, à écouter les railleries, les yeux posés sur les membres du groupe de musique et sur les joueurs de foot, sachant au fond de lui qu'il n'était rien qu'un incapable, s'apaisa doucement. Était-ce stupide de sa part de tomber sous son charme encore et encore ?

Il n'est plus le même, et toi non plus.

— Dan, je… commença-t-il, sentant qu'il était plus que temps de dire la vérité en ce qui concernait son passé.

— Comment se passe votre repas ? demanda une serveuse.

Mais ce serait vraiment stupide de revisiter ses années lycée avec un homme pour qui elles étaient, de toute évidence, déjà bien derrière lui. Pendant tout ce temps, Dan avait été si loin de sortir du placard que cela l'avait rendu misérable. Quant à Graham, il avait obtenu vengeance en réussissant dans la vie. Il n'y avait rien à envier au passé.

— Bien, répondit Dan.

— Je vous amène l'addition, déclara la serveuse avant de disparaître.

— Désolé, tu disais ? reprit Dan.

— Rien d'important, répondit Graham. Je suis simplement content que tu envisages de donner une chance à notre proposition.

Chapitre Dix-Sept

DAN installa Lacey dans la Forester et l'attacha au siège, les yeux de Graham suivant chacun de ses gestes. Suite au déjeuner durant lequel Graham lui avait offert une place dans son cabinet, il s'était presque attendu à ce qu'il annule la sortie à l'aquarium. Il s'était trompé. Graham n'avait pas eu l'air très à l'aise avec l'idée, mais il s'était tout de même pointé avec dix minutes d'avance, armé de friandises et de sodas pour la route, en plus d'un livre de coloriage sur les animaux marins.

À vrai dire, Graham semblait utiliser Lacey en guise de distraction afin de ne pas avoir à se confronter à lui. Graham n'avait jamais impliqué qu'il souhaitait davantage de sa part qu'un certain degré d'amitié ; à l'exception de la maladresse de Wilmington et du baiser dans sa cuisine. Pourtant, en voyant l'expression qu'il affichait dès qu'il pensait être à l'abri de son attention, Dan ne pouvait que se demander s'il y avait encore de l'espoir pour eux.

Le déjeuner de lundi ne s'était pas passé comme il l'avait prévu. Il était, bien entendu, ravi de l'offre de partenariat, étant donné que cela lui donnait un peu plus de poids dans le cabinet et plus d'argent à dépenser pour Lacey, mais Graham avait brutalement calmé ses ardeurs. Sur le moment, une future relation était tout ce qu'il avait en tête alors même que Graham ne voyait que les affaires.

C'est ce qui arrive quand tu te mets à fantasmer une drôle de vie imaginaire.

— Papa, fit Lacey. Je peux avoir mes crayons ?

— Je n'ai pas entendu le mot magique.

— Je peux avoir mes crayons, *s'il te plaît.*

Dan attrapa la boîte et la lui donna, effleurant accidentellement l'épaule de Graham de la sienne ce faisant. La chaleur de ce contact lui fit oublier de respirer. Graham détourna les yeux, et Dan en resta à se demander si, lui aussi, avait ressenti le même éclair à ce toucher.

— Merci, papa.

Elle lui offrit un grand sourire, et il hocha la tête en guise d'approbation.

Quelques minutes plus tard, ils étaient tous les trois sur la route.

— Je suis content que tu aies pu venir, commença Dan tandis qu'il s'engageait sur le périph.

À en voir la gêne et le malaise qu'il ressentait, il avait sincèrement l'impression d'être un gosse lors de son premier rendez-vous galant, surtout avec l'attente de ce *quelque chose* qu'il semblait anticiper.

Graham sourit.

— C'est moi qui dois te remercier pour l'invitation.

Il fallait qu'il reste concentré sur la route. Graham était une bien trop grosse distraction avec ses cheveux, habituellement ramenés vers l'arrière, qui retombaient à présent sur son front et le bout de ses oreilles. Il paraissait plus détendu également, le bras appuyé sur l'accoudoir central où ses doigts effleuraient son coude.

— Tu devrais plutôt remercier ma fille pour ça.

Dan secoua la tête.

— Ne te méprends pas. Je suis ravi qu'elle te l'ait proposé. Je croyais que tu refuserais lorsqu'elle te l'a demandé.

C'était la vérité, néanmoins, Dan profitait également de cette excuse pour avoir Graham avec lui. Parfois, les enfants étaient vraiment bien plus observateurs que les adultes.

— Je ne vais pas te mentir, rétorqua Graham. Je ne cherche pas de relation à long terme. Mais passer du temps avec vous est agréable, et je n'ai pas trouvé d'excuse pour me rétracter.

Dan eut un sourire déçu. Ça n'avait, cependant, rien de bien surprenant.

— J'apprécie ton honnêteté.

En dépit des mots de Graham, il pouvait sentir un conflit interne qui s'extériorisait par des regards subtils lorsqu'il pensait que Dan ne le voyait pas faire.

— Papa, la musique, dit Lacey.

— Est-ce que tu peux allumer la musique, s'il te plaît, la corrigea Dan dans un soupir.

— Est-ce que tu peux allumer la musique, s'il te plaît ? répéta-t-elle.

Dan pressa un bouton sur la console.

— Radio Disney. Sa préférée.

— Je suppose que c'est loin d'être la tienne, nota Graham.

— Ce n'est pas aussi mauvais qu'on pourrait le croire. Enfin, il faut bien avouer qu'écouter « Funky As a Diaper » en boucle devient long à la longue.

— C'est une vraie chanson ?

Dan hocha la tête.

— Ouais. Il n'y a rien que les enfants ne trouvent plus drôle que de parler du pot.

— Personnellement, je préfère le rock indé.

— Je vous préviens, Maître, s'exclama Dan d'un ton qu'il n'utilisait que lors des audiences. D'ici à la fin de ce voyage, vous vous retrouverez à chanter à tue-tête.

LE temps qu'ils arrivent à destination, Graham se retrouva en effet à *chanter* avec eux d'une agréable voix de baryton qui faisait frissonner Dan des pieds à la tête. Dan, qui n'avait aucun don pour la musique, se contentait d'écouter joyeusement Graham et Lacey.

— Tu es bon, l'acclama Dan tandis qu'ils s'arrêtaient sur un parking au son d'une énième « Billy Joe McGuffrey ».

— Merci.

Graham avait abandonné la musique après le lycée.

— Je tiens ça de ma mère. Elle joue du piano pour l'église parfois. Elle m'a appris à en jouer, mais je ne crois pas avoir touché un seul instrument depuis des années.

— Benn et moi avions envisagé d'avoir une mère porteuse pour l'enfant, admit Dan avec désinvolture. Je devais être le donneur. Mais en fin de compte, nous avons rencontré Lacey et nous avons pu l'adopter. Quoi qu'il en soit, je suis heureux qu'elle n'ait pas hérité de mon talent musical. Si elle avait eu les mêmes gênes que les miens, nous ferions certainement hurler le chien des voisins.

— Papa chante bizarrement, mais j'aime bien quand même, s'exclama Lacey lorsque Dan ouvrit la portière et déboucla la ceinture de son siège pour enfant.

— Quel compliment ! le taquina Graham.

— Vous devriez faire attention à ce que vous dites, ou je pourrais bien me mettre à chanter, et à ce moment-là, il vous faudra vous enfuir en courant.

Lacey gloussa et sauta de la voiture. Dan tendit sa main, mais à la place de la sienne, elle s'empara de celle de Graham.

— Devrais-je être jaloux ?

Dan semblait plus qu'enchanté que Lacey se sente suffisamment à l'aise avec Graham pour prendre sa main. Lacey secoua la tête et prit la sienne également.

Ils entamèrent leur marche, Lacey se balançant entre eux deux.

— C'est mieux que les équipements de la salle de sport pour se faire les biceps, railla Graham.

— Attends un peu qu'elle demande à monter sur ton dos.

Ils achetèrent leurs tickets et déambulèrent jusqu'à la première pièce ; un énorme aquarium rempli de poissons provenant des côtes de la Caroline du Nord.

— Papa, ça veut dire quoi « saumêtre » ? demanda Lacey.

— Saumâtre, la corrigea Dan. Ça veut dire que l'eau est un peu salée. Mais pas autant que l'océan.

— Elle sait lire ?

— Elle a vu à la télé un garçon qui savait lire depuis ses deux ans, expliqua Dan. Elle m'a harcelé jusqu'à ce que je lui achète des abécédaires. Je l'aide à apprendre.

— Papa dit que je lis bien.

Lacey sautillait de haut en bas. Elle lâcha leurs mains pour courir vers la prochaine pièce.

— L'école de notre quartier a un programme pour les jeunes talents, raconta Dan. Nous sommes censés lui faire passer le test, mais vu la vitesse à laquelle elle apprend, je doute qu'elle ait le moindre problème.

— Tu dois être vraiment très fier d'elle.

— Je le suis. Mais si je doutais qu'elle puisse s'épanouir dans un programme spécial, je ne l'envisagerais même pas. C'est bien qu'elle sache mieux lire que les autres enfants de son âge, mais qu'elle se plaise à l'école est plus important pour moi, expliqua Dan tandis qu'ils rejoignaient Lacey.

— Est-ce que tu as hâte d'entrer à la maternelle ? demanda Graham à Lacey.

— Oui !

Elle acquiesça énergiquement, ses grands yeux bruns brillant d'excitation.

— Je vais avoir cinq ans en janvier.

— Vraiment ? Quel jour en janvier ? demanda Graham.

— Le 8 janvier.

— C'est aussi le jour de mon anniversaire, confia Graham.

Lacey fronça les sourcils et plaça ses mains sur ses hanches.

— C'est vrai ?

— Non. Mais je suis bien né en janvier. Le 26 janvier.

— Tu vas venir à ma fête d'anniversaire, annonça-t-elle. Papa dit qu'il va acheter un gâteau et que je pourrai inviter tous mes amis.

— Lacey, je ne suis pas sûr que… tenta Dan.

— C'est *toi* qui as dit que je pouvais inviter mes amis, insista Lacey. M. Graham est mon ami, lui aussi.

— Je suis content de te l'entendre dire, dit Graham.

— Tu viens, hein ? le pressa Lacey.

— Je ferai de mon mieux. D'accord ?

Lacey se pinça les lèvres, les sourcils froncés comme si cela demandait une longue réflexion. Elle finit par sourire et dire :

— D'accord. C'est d'accord, hein, papa ?

— C'est d'accord.

Dan jeta un regard à Graham et mima un « Je suis vraiment désolé » en silence.

— Ne le sois pas, répondit Graham tandis que Lacey se remettait à courir. Tant que son père est d'accord, cela ne me dérange pas de venir.

— Tu pourrais le regretter, indiqua Dan. Divertir toute une bande de gosses n'est pas une tâche facile.

— Je te crois sur parole.

— On y va ?

Dan fit un geste en direction d'un immense aquarium circulaire plein de coraux et de poissons tels des raies et des anguilles. À l'intérieur, un plongeur nourrissait une grande tortue de mer.

— Regarde, papa !

Lacey les tira plus près.

— Qu'est-ce qu'il fait le monsieur ?

— Il nourrit la tortue, je crois, répondit Dan.

— C'est quoi sur son dos ?

— C'est une grande bouteille avec de l'air à l'intérieur, expliqua Graham. On appelle ça un plongeur sous-marin. Ce qu'il a dans la bouche, c'est ce qu'on appelle un détendeur. Ça l'aide à respirer sous l'eau.

Lacey alla de nouveau jusqu'à l'aquarium et salua le plongeur qui la salua en retour.

— Tu as fait de la plongée ? demanda Dan.

— C'était il y a une éternité. Ils proposaient d'obtenir sa licence dans mon université, mais je n'en ai plus fait depuis l'ouverture du cabinet.

Il aurait bien aimé trouver le temps d'en refaire.

— J'ai toujours voulu apprendre, dit Dan. Benn et moi en parlions avant d'adopter Lacey, mais ensuite…

Dan afficha une expression lointaine.

Graham posa une main sur son bras.

— Mes condoléances.

La crainte de s'être trompé de formulation disparut lorsque Dan se tourna vers lui.

— Merci. C'est gentil de ta part. Cela fait déjà trois ans, mais il y a des moments où je peine à ne pas penser à lui. M'entendre en parler doit être particulièrement ennuyant, à force.

— Pas du tout. En vérité, j'aimerais beaucoup en apprendre plus sur lui.

Il ne mentait pas. Graham n'était pas bien sûr de savoir pourquoi Benn l'intéressait. Peut-être cela lui servirait-il à mieux comprendre Dan.

— Tu en es sûr ?

C'était la première fois depuis leur toute nouvelle rencontre que Dan paraissait fragile.

— J'en suis certain. Je t'assure. Comment vous êtes-vous rencontrés, tous les deux ? demanda Graham.

— Par accident, répondit Dan avec un sourire. Je cherchais une location sur Manhattan auprès d'un courtier, et nous voulions tous les deux le même appartement. Nous avons un peu discuté et échangé nos coordonnées. En fin de compte, il a pu déposer sa caution avant moi, alors c'est lui qui l'a eu. Mais ensuite, il m'a appelé.

Cela ne lui faisait rien du tout, *rien.* Il se morigéna pour la jalousie qu'il avait ressentie en imaginant une partenaire inexistante alors même qu'il était à l'aise à l'idée d'entendre Dan parler de son véritable époux. Il était évident qu'il l'avait aimé, mais il ne semblait pas vouloir prétendre que Graham, ou n'importe quel autre homme qui pourrait prendre la place de Benn, lui soit inférieur.

— Graham ? Tout va bien ?

— Oui. Je me disais simplement que tu avais l'air en paix avec la situation dans laquelle tu te retrouves aujourd'hui.

— En paix, oui.

Son sourire mélancolique en raconta plus que n'auraient pu faire des mots. Le bien comme le mal. L'amour et le chagrin.

— Voudrais-je qu'il soit toujours en vie ? Bien sûr. Je n'ai pas pu lui parler après sa crise cardiaque. Il n'a jamais repris connaissance. Mais j'imagine qu'il m'aurait botté les fesses si je m'étais osé à m'accrocher un peu trop fort.

— T'accrocher *un peu trop* ?

Dan hocha la tête.

— C'est ce que j'ai fait, au début. Après avoir passé une bonne partie de ma vie à me mentir, j'étais furieux contre le reste du monde d'avoir trouvé la bonne personne, celle avec qui je voulais partager le reste de ma vie, et qu'elle m'ait été arrachée. Ça va peut-être te paraître cliché, mais en voyant Lacey grandir, j'ai réalisé que j'étais exactement là où je voulais être. Le père d'une fille formidable, et avec encore de belles à années à vivre.

— Ce n'est pas cliché, rétorqua Graham. Parfois, une perte peut nous ouvrir une porte que nous n'avions, jusque-là, jamais envisagée.

— Tu as l'air de t'y connaître.

— Lorsque mon beau-père est décédé, j'étais dévasté, expliqua Graham. Je prévoyais de reprendre le droit au Tennessee, mais à la seule pensée de vivre là-bas sans lui… je m'en suis senti incapable. J'ai rencontré Terri l'année suivante. Nous étudiions tous les deux pour l'examen du barreau, et elle m'a convaincu que de me présenter au même examen qu'elle en Caroline du Nord n'était pas une si mauvaise idée que ça. Aujourd'hui, je n'arrive pas à m'imaginer vivre ailleurs.

— Papa ! Regarde ! Je peux les toucher, moi aussi ?

Lacey se tenait devant une piscine remplie de raies et de limules.

— Seulement si je peux aussi, répondit Dan en s'agenouillant à côté d'elle.

Graham observa Lacey rire et crier d'excitation. Dan la laissait explorer chaque nouvelle pièce avant de lui poser des questions sur ce qu'elle y avait découvert. Ses questions étaient réfléchies, et il semblait appréciateur des réponses qu'il obtenait, comme s'il apprenait quelque chose de nouveau en même temps qu'elle.

— À toi de toucher une raie, je te mets au défi de le faire, dit Dan à Graham avec un sourire malicieux.

— Elles sont toutes *gluantes*, dit Lacey, son expression ressemblant beaucoup à celle de Dan.

Graham se pencha à côté de Lacey et demanda :

— Comment fait-on ?

— Tu mets ta main dessus, idiot, répondit-elle, comme si soudain, elle était devenue l'adulte et lui, l'enfant.

— Comme ça ? demanda Graham.

— Oui. Comme ça.

Le visage de Lacey s'illumina alors que Graham lui rendait son sourire.

— Pas vrai, papa ?

Graham jeta un coup d'œil à Dan, qui semblait prendre plaisir à les regarder tous les deux. Et il eut cette petite chose dans son regard qui lui serra le cœur. Pourquoi était-ce si agréable d'être ici, avec eux ? Ils semblaient l'attirer dans leur petit cercle alors même qu'il s'était convaincu qu'il n'y aurait pas de place pour qui que ce soit d'autre. Graham se sentait bien. Dans une super forme. Il avait l'impression qu'il comptait. Dan se retourna vers lui, et ils échangèrent un sourire.

Un instant plus tard, Lacey repartait, Dan la poursuivant avec une paume pleine de désinfectant pour les mains qu'il avait récolté d'une grande bouteille près de la piscine, placée là à cet effet.

— Regardez, monsieur Graham ! L'alligator est tout blanc ! cria-t-elle en pressant son nez contre le verre épais de l'exposition sur les zones humides.

— C'est un alligator albinos, expliqua Graham en lisant l'affiche à droite de l'aquarium. Ils sont très rares. Ils ne peuvent pas survivre dans la nature, mais il est en sécurité ici.

— C'est quoi « abinosse » ?

— Albinos, répéta lentement Graham.

— C'est quoi ? répéta Lacey.

— Ils naissent sans pigment. De quelle couleur sont mes yeux ? demanda-t-il.

Lacey le regarda attentivement.

— Verts.

— Et mes cheveux ?

— Noirs, annonça-t-elle.

— Ce qui rend mes yeux verts et mes cheveux noirs, ce sont les pigments, poursuivit Graham. Mais cet alligator n'est pas né avec, donc il est tout blanc.

Les lèvres de Lacey formaient un « O ».

— As-tu déjà pensé à enseigner ? demanda Dan alors qu'ils sortaient.

— Jamais. Je peux m'occuper d'un enfant pendant un petit moment, mais en avoir dix ou plus sur les bras ?

Graham gloussa.

— Effrayant.

— Tu t'en sors bien avec elle, tu sais.

— Merci.

Les joues de Graham s'échauffèrent.

— C'est une fille formidable.

— C'est vrai, acquiesça Dan, mais ça n'empêche que tu t'en sors toujours très bien avec elle.

Graham fut soulagé lorsque Lacey les appela pour qu'ils la rejoignent près de l'aire d'alimentation des perroquets. Il n'avait jamais été doué pour recevoir des compliments. Pourtant, quelque chose dans la façon dont Dan l'avait regardé quand il avait prononcé ces mots avait dénoué la tension qui l'assaillait. Il savait que Dan ne l'aurait pas mentionné s'il ne le pensait pas. Il aimait ça chez Dan –, quelle que soit la situation dans laquelle il se trouvait, il parlait toujours avec sincérité. Danny Parker avait peut-être peur d'être celui qu'il était vraiment, mais Dan, lui, était fidèle à lui-même en toutes choses.

DEUX heures plus tard, après un déjeuner tardif au restaurant de l'aquarium consistant en des nachos secs, des hot-dogs *Bright Leaf* de chez Carolina qui ressemblaient à des bonbons rouges, d'après Lacey, et une pizza plus que médiocre, ils remontèrent dans la voiture en direction de Raleigh.

Lorsqu'ils entrèrent sur l'autoroute, Graham jeta un œil à l'arrière.

— Elle dort.

— C'est ce qui est bien à être aussi jeune, nota Dan. Elle m'épuise. Et lorsqu'elle commence enfin à fatiguer, elle s'endort dans la seconde.

— Il y a des nuits où je tuerais pour pouvoir en faire de même, fit remarquer Graham, secouant la tête. Juste pouvoir ignorer le reste et m'endormir dès que ma tête touche l'oreiller.

— Je vois ce que tu veux dire.

— Merci pour l'invitation, aujourd'hui, le remercia Graham.

— Je suis content que tu sois venu, répondit Dan dans un grand sourire.

— Moi aussi.

Graham laissa ses yeux dériver vers l'extérieur alors qu'ils continuaient de rouler, pas certain de savoir quoi rajouter. Le silence ne semblait pas déranger Dan, et Graham en prit avantage, comme s'il se glissait dans un plaid bien chaud. Pour une fois, il ne se sentait ni gêné ni mal à l'aise. Il n'avait personne à impressionner, rien à prouver.

Lorsqu'ils arrivèrent chez Dan, ce dernier porta une Lacey toujours somnolente jusqu'à sa chambre. Graham l'observa la mettre au lit et éteindre la veilleuse près de la porte. Et l'espace d'un instant, il s'imagina appartenir à ce tableau, avec eux. Il s'imagina que cette famille était la sienne.

— Veux-tu rester pour boire quelque chose ? demanda Dan lorsqu'ils furent de nouveau au rez-de-chaussée.

Graham en crevait d'envie, mais l'agréable sensation de chaleur qui l'avait réchauffé un peu plus tôt s'était déjà estompée, remplacée par cette familière crainte d'être insuffisant. D'être un imposteur. Cette fois-ci, néanmoins, une peur nouvelle s'y attacha : celle d'être un menteur, en plus de ça. Il fallait qu'il dise à Dan la vérité sur son identité, mais quelque chose au fond de lui hurlait que ce serait une grosse erreur. Qu'il n'y survivrait pas. Cette peur lui collait à la peau tel un brouillard humide, imprégnant peu à peu son cœur.

— Je dois y aller.

Graham ne regarda pas en arrière. Car s'il s'y risquait, il savait que jamais il ne trouverait de nouveau le courage pour s'en aller.

Deux minutes plus tard, il se retrouva à rouler à toute vitesse avec la capote baissée. La température avait baissé, mais il s'en fichait bien. C'était sa punition pour avoir pensé, ne serait-ce qu'une seconde, que les choses pourraient être différentes.

Chapitre Dix-Huit

GRAHAM appuya son vélo contre la voiture et avala la moitié de sa bouteille. Devant lui, Dan courait à reculons le long du sentier.

— Qu'est-ce que tu attends ? cria-t-il.

Graham replaça son eau dans son support et décolla pour un sprint. Comment avait-il pu ne serait-ce que penser qu'il pourrait battre Dan au triathlon de Wilmington ? Même s'il s'en sortait à la nage avec de l'avance, c'était peine perdue.

— Tu devrais déjà avoir un bon kilomètre d'avance sur moi, plaisanta Graham en le rattrapant.

Dan haussa les épaules et suivit son rythme alors qu'ils attaquaient le reste de la colline.

— C'est juste un entraînement. En plus, j'en fais depuis plus longtemps que toi. Encore six gros mois et tu me battras à plate couture.

Graham se mit à rire tandis qu'ils atteignaient le sommet. Ils se dirigèrent vers le sentier principal qui traversait Umstead Park. Après une longue journée à passer en revue les documents en vue d'un procès, c'était Dan qui lui avait suggéré qu'ils s'entraînent ensemble pour l'Ironman.

— Il fait toujours beau dehors quand nous sommes coincés à l'intérieur, avait dit Dan, après avoir surpris Graham regardant avec envie par la fenêtre de son bureau.

— J'aimerais pouvoir m'entraîner, avait répondu Graham. Les week-ends ne suffisent pas, et je me lasse du vélo d'appartement chaque matin et de mes vaines tentatives de natation dans une piscine minuscule.

— C'est là que tu te trompes.

Dan se leva et se dirigea vers lui.

— Il fait jour plus tard à cette période de l'année. J'ai trouvé un groupe de nageurs qui se réunit à Falls Lake le mercredi matin. La mère de Carver s'occupe de Lacey tous les mardis et jeudis. Un peu de compagnie ne me ferait pas de mal.

Maintenant, alors qu'ils couraient côte à côte sur le chemin de terre escarpé, Graham se demandait dans quoi il s'était embarqué. Ses cuisses le brûlaient, et il était presque sûr qu'il aurait une sacrée ampoule au pied gauche une fois les quinze kilomètres parcourus.

— Tu donnes l'impression que c'est facile.

— Je pensais que ton super appart était équipé d'un bain à remous ? plaisanta Dan.

— Je vais avoir besoin de plus qu'un long bain. Il va me falloir une semaine de repos et un an d'approvisionnement en baume du Tigre, au moins, après ça.

— Tu parles comme un petit vieux.

Dan accéléra le rythme alors qu'ils approchaient du pont plus bas.

— Avec de telles jambes, tu devrais me faire mordre la poussière.

Graham serra les dents et décolla pour un sprint. Il dépassa Dan et remonta la colline. Il ne le laisserait pas le battre, cette fois-ci.

— Voilà de quoi je parlais ! cria Dan.

QUELQUES heures plus tard, Graham était allongé dans l'herbe alors que le premier soupçon de couleur zébrait le ciel nocturne.

— Comment te sens-tu ?

Dan se tenait au-dessus de lui, un sourcil arqué.

— Je vais bien.

Il avait mal partout, c'est vrai, mais il se sentait vraiment bien.

Dan s'assit à côté de lui et leva les yeux.

— C'est le moment que je préfère, dit-il. Un spectacle de lumière après une bonne course. C'est magnifique, n'est-ce pas ?

— Oui.

Graham ne regardait plus le ciel à présent.

— Graham ?

— Hum ?

— Je suis vraiment content que tu sois venu ce soir, poursuivit Dan d'une voix douce.

— Moi aussi.

Il était si proche de lui que tout ce que Graham avait à faire était de se pencher. Il avait envie de l'embrasser. Il voulait sentir son corps contre le sien. Il voulait que Dan le prenne dans ses bras. Pourquoi hésitait-il ?

Dan l'étudia, mais il ne chercha pas à réduire l'espace entre eux.

— Tu le sais probablement déjà, dit-il, mais quand tu seras prêt…

Graham inspira longuement et se leva.

— Merci.

Il tendit la main à Dan et le tira vers le haut. Comme toujours, la sensation de sa peau contre la sienne lui donna envie d'en redemander. La chaleur de sa main dans la sienne était agréable.

Pendant un instant, aucun d'eux ne bougea. Graham savait que Dan attendait qu'il fasse le premier pas. Ils restèrent ainsi pendant près d'une minute, tandis que le bruit des grillons grandissait dans l'obscurité.

Dan soupira.

— Mardi soir, alors ?

Graham hocha la tête.

— Mardi. Et en supposant que je sois libre, nous pourrions aller nager mercredi matin ?

— C'est parfait.

Dan hésita une fraction de seconde, puis sourit et retourna au parking.

Ils chargèrent leurs voitures respectives, et Graham suivit Dan juste au moment où les premières étoiles apparurent dans le ciel. À la sortie du parking, Dan lui fit un signe de la main et se dirigea vers le nord, tandis que Graham retournait vers le centre-ville.

Ça avait été une sacrée bonne journée.

LES semaines suivantes se déroulèrent sans incident. Comme promis, Graham confia à Dan le contrat de partenariat pour qu'il puisse l'examiner, ainsi que l'évaluation de l'entreprise. Lui et Dan formaient une bonne équipe, peut-être trop bonne, même. Dan ne faisait aucun effort pour pousser leur relation au-delà d'une confortable amitié, et Graham se plaisait à ce que les choses restent ainsi, même si Dan figurait en bonne place dans ses rêves d'avenir.

— Prêt? lui demanda Graham après avoir passé une autre séance marathon à examiner l'argument que Dan ferait à Charleston, en Virginie-Occidentale, sur une requête en jugement sommaire dans une affaire de discrimination raciale.

— Je ne pourrais pas l'être davantage, répondit Dan en se frottant les yeux.

Laisser Lacey ici t'inquiète?

— C'est juste pour une nuit. En plus, sa baby-sitter, Carly, va passer la nuit là-bas. Ce sera comme une soirée pyjama sous stéroïdes.

— Oh.

— Elles ont déjà discuté des pyjamas qu'elles vont porter, continua Dan avec un petit rire. Lacey l'a déjà convaincue de rester debout une heure de plus pour qu'elles puissent regarder un film.

— Elle l'a convaincue?

— Ce n'est pas une blague. Elle sera une vraie force de la nature si elle décide un jour de suivre mes pas, affirma Dan.

— On dirait bien que c'est déjà tout décidé.

— Ne m'en parle pas. Elle a compris que les crises ne sont pas aussi efficaces que les yeux de chien battu. Non pas que nous n'ayons plus de crises…

Dan sourit.

— Elle n'a pas l'air du genre à faire des crises, intervint Graham.

— Tous les enfants en sont adeptes. Elle est juste très serviable quand tu es là, expliqua Dan. Mais si tu restes suffisamment longtemps dans les parages, je suis sûr que ça ne tardera pas trop.

Graham ne savait pas trop comment répondre, aussi resta-t-il silencieux.

— Veux-tu te joindre à nous pour le dîner de samedi? Je suis sûr que j'aurai besoin de me détendre après l'audience.

— Tu pourras mieux te détendre si tu es seul, j'en suis certain, indiqua Graham en espérant que Dan retirerait son offre.

— C'est généralement le contraire. En plus, Lacey m'a encore demandé de tes nouvelles, ajouta Dan.

— C'est vrai ?

Pourquoi cela lui faisait-il si chaud au cœur ?

— Tout est vrai.

— D'accord. Mais seulement si tu me laisses cuisiner.

Cuisiner le garderait occupé et concentré sur autre chose que sur Dan.

— Tu sais cuisiner ?

— Mon poulet barbecue est une tuerie. Ce sera dix fois meilleur sur un vrai grill que sur mon barbecue électrique.

— J'irai acheter du pain et de la salade de chou, dans ce cas. Et Lacey s'occupera de faire des haricots, vu qu'elle aime faire ça.

— Des haricots ? demanda Graham.

— Tu sais, ceux en boîte ? Elle rajoute du ketchup et de la moutarde. Ce n'est pas trop mauvais, je dois dire. Mais je fais attention à la quantité de ketchup qu'elle met, maintenant. La dernière fois, elle a vidé presque toute la bouteille.

Dan passa une main dans ses cheveux et renifla.

— Il faut dire que j'aime le ketchup, mais…

Graham éclata de rire.

— J'aime les haricots, donc ça me va.

Une heure plus tard, alors qu'il observait la ville, Graham pria pour que Dan rentre chez lui sain et sauf. Au même moment, son téléphone vibra dans sa poche. Il l'en sortit et l'alluma,

« Je suis rentré à la maison et je n'ai même pas eu besoin d'avoir recours au moindre cure-dent pour garder mes paupières ouvertes. »

« Content de l'entendre, » répondit-il par SMS.

« J'ai hâte de dîner avec toi. »

Graham sourit. Ça lui arrivait de plus en plus ces derniers temps.

« Moi aussi. »

« Dors bien. »

« Toi aussi. »

Graham observa l'écran un moment, puis inspira longuement. Le court échange lui avait paru un peu trop agréable, trop *détendu*.

Alors pourquoi as-tu accepté de dîner chez lui ?

Graham se frotta les lèvres. Il pouvait surmonter ça. Il travaillait avec Dan en permanence. Il avait besoin d'avoir une bonne relation avec lui. Ce n'était pas plus différent que de travailler avec Terri. Le dîner serait une occasion parfaite de mettre en pratique ce qu'il prêchait. Et pourquoi pas ? Dan était un gars sympa, et il n'y avait rien de mal à apprécier sa compagnie. Aucun mal du tout.

LORSQUE Graham arriva tôt au bureau le lendemain matin, la dernière personne qu'il s'attendait à voir était bien Dan.

— Je pensais que tu partais après avoir déposé Lacey, fit remarquer Graham à un Dan à l'air complètement exténué.

— C'était le plan.

Son sourire n'atteignit pas ses yeux.

— Je peux aider en quoi que ce soit ?

Dan secoua la tête.

— À moins que tu ne connaisses une autre baby-sitter.

— La baby-sitter de ce soir a annulé ?

Dan hocha la tête.

C'était une très mauvaise nouvelle. L'audience en Virginie-Occidentale avait été fixée à la fin de l'après-midi selon l'agenda du juge. Même si Dan partait juste après, au lieu de passer la nuit sur place, il ne rentrerait pas avant minuit.

— Ouais.

Dan fit défiler ses contacts sur son téléphone.

— Et c'était ma dernière option. Elle peut aller chercher Lacey à la maternelle, mais elle ne peut pas passer toute la nuit avec elle. Sa fille est malade et son mari travaille de nuit. Carver et sa famille ne sont pas en ville, sinon je leur aurais demandé.

— Qu'est-ce que tu comptes faire ?

— Je pense passer chez mes parents sur le chemin du tribunal. Ils seraient heureux de s'occuper…

— Tu vas conduire quatre heures jusqu'à Asheville et, quoi, quatre autres jusqu'en Virginie-Occidentale ? C'est complètement dingue.

Dan le fixa, et Graham réalisa qu'il avait pratiquement crié.

— Graham, je ne peux pas juste…

— Ce n'est pas ce que je voulais dire, rétorqua immédiatement Graham. Ce que je voulais dire, c'est que tu n'es pas obligé de faire ça. Je peux m'occuper d'elle.

Merde ! Venait-il juste de proposer de garder l'enfant de l'un de ses collègues ?

— Tu peux… quoi ?

— Ta baby-sitter, celle dont tu parlais…

Dan hocha la tête.

— Elle peut aller chercher Lacey, si je comprends bien ? demanda Graham.

— Oui, mais…

— Écoute-moi. Elle va récupérer Lacey à la maternelle, et je m'occuperai d'elle pendant la nuit. Je pourrai venir après le travail.

Dan fronça les sourcils.

— Graham, je ne peux pas te demander de faire ça pour moi. Tu es mon patron.

— Je suis ton ami.

Il n'y avait pas vraiment pensé jusqu'à maintenant, mais c'était la stricte vérité.

— Je… Merci.

— Tu acceptes, alors ? insista Graham, son instinct de négociateur en herbe prenant le pas sur son bon sens.

Il ne savait rien des enfants. Mais ce n'était que pour quelques heures.

— J'accepte.

La voix de Dan n'inspirait pas la confiance.

— Tu crains que je ne m'en sorte pas.

— Non, ce n'est pas ça.

Dan se frotta le menton.

— Je ne veux pas t'imposer quoi que ce soit. Et Lacey peut être un sacré numéro, parfois.

— C'est juste pour quelques heures, et elle va s'endormir vite.

— Tu es sûr de toi ?

Graham hocha la tête.

— Rappelle la baby-sitter et donne-moi son adresse. Je la récupérerai sur le chemin.

— Je… D'accord. Je t'appellerai plus tard pour t'aider à la convaincre d'aller au lit. Tu as de la chance que nous soyons vendredi. Au moins, tu n'auras pas à la préparer pour l'école le lendemain matin.

— Tout se passera bien.

— Je ne te remercierai jamais assez.

Le sourire de Dan semblait sincère.

— Je prendrai bien soin d'elle.

— Je sais.

DOUZE heures plus tard, Graham réalisa qu'il se connaissait mieux qu'il ne l'avait anticipé : il ne savait vraiment rien sur les enfants, surtout sur ceux qui n'écoutaient pas.

— Lacey, dit doucement Graham. Il va être l'heure de se coucher dans dix minutes. Il est temps de finir.

Lacey l'ignora.

— Tu dois rester *à l'intérieur* des lignes. Comme ça.

Elle démontra le geste avec une précision surprenante.

— C'est un excellent travail. Mais il est temps de se préparer pour aller au lit.

Lacey ne leva pas les yeux.

— Je n'ai pas envie d'aller me coucher.

Simple, direct et totalement inacceptable.

Ils avaient passé l'heure dans la salle de jeux à « faire du dessin ». Graham n'appellerait pas exactement ses tentatives de coloriage de « l'art ». Ils s'entendaient comme sur des roulettes depuis qu'il était venu la chercher chez la baby-sitter à dix-neuf heures quarante-cinq.

— Lacey, ton père m'a dit que vingt heures, c'était l'heure à laquelle tu te couches habituellement.

— Ça ne le dérangera pas, répondit-elle gaiement. Il me laisse tout le temps dépasser l'heure.

Dan avait été assez clair sur l'heure en question.

— Vraiment ? s'inquiéta Graham.

— Mmm-hmm.

— Lacey…

— J'ai une idée ! s'exclama-t-elle. Nous pouvons aller jouer avec mes poneys.

— Avec tes poneys ?

Elle hocha la tête avec insistance, puis bondit de sa chaise et sortit une boîte de l'une des étagères. Elle sourit et jeta le contenu sur le sol : il s'agissait de chevaux en plastique aux couleurs vives, des roses, des violets, des verts et même des jaunes aux cheveux assortis.

— Si on joue aux poneys, dit Graham, tu iras te coucher après, d'accord ?

— Mmm-hmm.

— Bon. Mais juste quelques minutes, et ensuite on va se préparer pour aller au lit.

Ce n'était rien qu'il ne pouvait pas gérer.

Elle couina et s'empara de deux des chevaux.

— Ce sont les miens.

Elle montra les autres chevaux.

— Ce sont les tiens.

— Merci.

Graham replia ses jambes et récupéra ses chevaux. Il la regarda s'occuper des siens, caressant leurs longues chevelures comme pour les brosser. Il fit de même, et elle gloussa.

— Tu es drôle.

Il avait surtout l'air d'un idiot complet. Mais si cela parvenait à lui faire accepter de se mettre au lit…

Quinze minutes plus tard, il avait des crampes à force d'être assis par terre, et elle ne montrait aucun signe qu'elle était prête à remplir sa part du marché.

— Lacey, dit-il en faisant semblant de faire parler l'un des chevaux. Je suis un cheval fatigué. Il est temps d'aller au lit.

Elle déplaça un de ses chevaux à côté du sien et dit :

— Les poneys ne se fatiguent pas.

— Mais les petites filles, oui. Que dirais-tu de ranger tout ça et de te préparer pour aller au lit ?

— Papa me chante toujours une chanson avant d'aller au lit, annonça-t-elle.

— Une chanson ?

Elle acquiesça.

— Tu sais, le chant de la chenille.

— Je ne le connais pas, celui-là.

— Mais si…

Elle commença à chanter.

— C'est la petite chenille poilue et très longue, qui danse et qui danse jusqu'à ce que le papillon l'en dispense.

— Je vois.

Il rassembla les jouets et les jeta dans le bac.

— Je ferai de mon mieux.

— Ouais !

Elle se mit à danser en chantant à tue-tête. Les mots étaient différents cette fois-ci, mais les rimes étaient tout aussi mauvaises.

Il la prit dans ses bras et elle gloussa.

— On va te trouver un pyjama.

Ils montèrent les escaliers et il la déposa dans le couloir. Elle courut jusqu'à sa chambre. Il pensa qu'elle y allait pour ouvrir sa commode, mais à la place, elle sauta dans son lit et tira la couette sur elle.

— Lacey ?

Un rire étouffé retentit depuis le lit.

Il tira la couette et elle lui sourit.

— Ton pyjama ?

— Tu choisis.

Formidable.

— D'accord. Peux-tu me dire où ils sont ?

— Non.

Elle gloussa de nouveau.

Il se mit alors à ouvrir tous les tiroirs. Il tomba sur le bon à sa troisième tentative et en sortit un avec des motifs de chatons.

— Ça te va ?

— Je veux les toutous.

— D'accord. Les toutous.

Il fouilla dans la pile et en sortit un autre.

— Ce sont des chiots, dit-elle en fronçant les sourcils. Je veux les toutous.

— Ce ne sont pas des toutous ?

— Non.

Elle croisa les bras sur sa poitrine et fronça les sourcils.

— Ce sont des chiots.

— Ce sont des chiots, répéta-t-il en regardant à nouveau dans le tiroir. Ce sont les toutous que nous voulons.

Juste parfait. Cinq minutes plus tard, après avoir vidé le tiroir sur le tapis, il en sortit un ensemble avec des chiens bleus.

— Celui-là ?

— Des toutous !

Elle sauta sur le lit, le faisant grincer.

Elle se changea assez rapidement, n'ayant besoin de son aide que pour aligner ses bras avec les manches.

— Il est temps d'aller se brosser les dents.

Elle sauta du lit et se précipita dans la salle de bains.

— Tu as besoin d'aide avec le dentifrice ? demanda-t-il.

— Je peux le faire moi-même, dit-elle, le menton levé.

— D'accord.

Il la regarda alors qu'elle pressait assez d'un dentifrice bleu scintillant sur sa brosse pour plusieurs personnes. Lorsqu'il essaya de l'aider, elle tira sur sa brosse, et une partie du dentifrice coula sur le carrelage. Elle leva les yeux vers lui, et il sourit.

— Ce n'est rien. Nous pourrons le nettoyer plus tard.

— Papa me chante la chanson « ABCD ».

— Il chante quand tu te brosses les dents ?

Elle acquiesça.

— Trois fois.

— D'accord.

Il attendit qu'elle mette la brosse à dents dans sa bouche, puis chanta :

— A, B, C, D, E, F, G, H, I, J, K, L, M, N, O, P…

— Tu chantes bien, annonça-t-elle après s'être rincé la bouche.

— Merci.

— Papa est un très mauvais chanteur.

Elle se boucha les oreilles et fit la grimace.

— Il me fait rire.

— Ça lui arrive, n'est-ce pas ?

Elle hocha la tête solennellement, replaça la brosse à dents dans son support et retourna dans son lit.

— Lis-moi une histoire ?

— Je pensais que nous allions chanter.

— Les histoires, c'est mieux.

Elle se glissa sous les couvertures et gloussa à nouveau.

— Je vois.

— Stupide.

Elle pencha la tête sur le côté.

— Je vais prendre ça comme un compliment.

Il jeta un œil dans sa bibliothèque.

— Y a-t-il un livre en particulier que tu voudrais que je te lise ?

— Tu choisis.

— D'accord.

Il traça ses doigts le long du dos de chaque livre.

— Que dirais-tu du *Vent dans les saules* ?

Il avait adoré ce livre étant enfant.

— Mmm-hmm.

— C'est décidé, alors.

Il tira la seule chaise de la pièce – une chaise pour enfant – vers le lit.

— Papa s'assied par terre, raconta-t-elle. Juste là.

Elle montra le gros tas d'oreillers et d'animaux en peluche au pied du lit. Il n'y avait pas de doute : ça avait l'air beaucoup plus confortable qu'une chaise en bois beaucoup trop petite pour lui.

— D'accord.

Il enleva ses chaussures et s'assit sur les oreillers, dos au mur.

— Chapitre 1 : La berge. M. Taupe avait travaillé très dur toute la matinée pour le grand nettoyage de printemps de son petit logis…

Chapitre Dix-Neuf

DAN ferma la porte derrière lui et se frotta les yeux. Il bâilla et déposa son sac par terre. Le réveil indiquait 4 h du matin. Il se morigéna intérieurement pour ne pas tout simplement avoir pris la route après l'audience. Au lieu de ça, il avait dîné, puis il s'était installé dans sa chambre d'hôtel. Ce n'était que vers minuit qu'il avait compris qu'il ne parviendrait pas à dormir.

Il ne s'inquiétait pas pour Lacey. Elle s'en sortirait très bien sans lui. C'était plutôt Graham qui l'avait fait se retourner toute la nuit. Dernièrement, Lacey était de plus en plus difficile à mettre au lit. Il n'avait pas envie que Graham se sente coupable si elle refusait d'aller se coucher.

— Je vais aller chercher Lacey dans quelques minutes, lui avait dit Graham lorsqu'il l'avait appelé pour le tenir au courant du déroulement de l'audience.

Le juge n'avait pas encore rendu son verdict, aussi Dan s'était amusé à lui faire un résumé rapide et commenté.

— Es-tu sûr que ça ne te dérange pas ? lui avait-il demandé, bien au courant de la détermination de Graham de mener la tâche à bien et sachant parfaitement qu'il n'y avait, de toute façon, aucune autre alternative, mais se sentant tout de même coupable de lui imposer ça.

— Nous nous en sortirons. Tout va bien se passer.

À présent, Dan passait dans une cuisine impeccable – même les crayons de Lacey avaient été rangés et ses dessins bien empilés – pour atteindre le salon. Il s'était attendu à voir Graham endormi sur le canapé, mais il n'était nulle part. Les coussins étaient bien arrangés et la pile de jouets qui était habituellement étalée sur le tapis était retournée dans les boîtes en plastique collées contre le mur. La maison n'avait jamais été aussi propre.

Impressionnant.

Dan enleva ses chaussures et prit la direction de la chambre de Lacey. Il ouvrit la porte et passa sa tête à l'intérieur. Lacey s'était endormie en tenant sa peluche girafe préférée, celle qu'il lui avait achetée juste avant le déménagement. Graham dormait par terre près du lit, la tête posée contre un nounours et dans une position presque aussi recroquevillée que ne l'était Lacey. Il portait toujours son costume, et sa chemise, habituellement bien repassée, était toute froissée et le col défait. Graham ronflait doucement, son visage obscurci par quelques boucles rebelles. Terriblement adorables. L'un comme l'autre.

Dan se faufila hors de la pièce, y retournant quelques secondes plus tard avec une couverture qu'il plaça doucement sur les épaules de Graham. Ce dernier émit un marmonnement inintelligible et tira la couverture contre lui, l'enlaçant comme le faisait Lacey avec sa girafe. Dan retint un bâillement et s'installa près de la porte pour les regarder dormir.

Juste quelques minutes, et ensuite je traînerai ma pauvre carcasse jusque dans mon lit.

DAN se réveilla au parfum du café et du bacon. Il s'était complètement endormi. La couverture dont il avait couvert Graham était à présent enroulée autour de lui. Quelqu'un avait même pris la peine d'en coincer les coins entre lui et le mur afin qu'elle ne tombe pas si facilement. Le lit de Lacey avait été fait, et toute sa brochette de peluches avait été rangée de la plus grande à la plus petite.

— Du café ?

Graham se tenait dans l'embrasure de la porte, un plateau en main.

Dan se frotta le visage et émit un grondement ravi lorsque Graham lui tendit un mug.

— Un sucre et beaucoup de lait, c'est ça ?

— Tu es le meilleur.

Dan inhala l'arôme de sa boisson et en sirota joyeusement une gorgée.

Graham pouffa.

— Je doute que tu dises toujours ça quand tu seras bien réveillé.

Il passa ses doigts sur sa mâchoire rugueuse.

Graham était toujours aussi beau avec ses cernes et ses vêtements tous débraillés. Bien trop séduisant pour son propre bien. Mais au lieu de l'embarrasser en le lui faisant remarquer, Dan continua à boire son café et à s'en délecter vocalement.

— C'est vraiment un délice, dit-il en posant le mug par terre. Quand est-ce que tu as eu le temps d'aller acheter du bon café ?

— Je ne l'ai pas eu.

Les yeux de Graham émirent une lueur de fierté.

— C'est quoi le secret ?

— Je ne dirai rien.

Son expression était telle celle d'un enfant : heureuse et insouciante. Libre. Il aimerait que Graham puisse toujours afficher un tel bonheur.

— Je te pardonne l'offense. Pour cette fois, seulement.

— Papa, papa !

Lacey se jeta dans les bras de Dan.

— M. Graham peut me garder la semaine prochaine, dis ?

— Je suis sûr que M. Graham a d'autres choses à faire.

Il déposa un bisou sur son crâne et la prit dans ses bras.

— Et puis, je n'ai rien de prévu, la semaine prochaine.

— C'était amusant, admit Graham, le rouge lui montant aux joues.

— Je présume que tu n'as pas beaucoup dormi.

Graham haussa les épaules.

— Le petit déjeuner est sur la table.

Il détourna les yeux et ajouta :

— Je devrais y aller.

— Reste-là, le temps que je mange ?

— J'ai… D'accord.

Dan avait été presque certain que sa demande serait refusée. Il voulait vraiment le remercier pour tout ce qu'il avait fait, et s'il devait mettre son attraction de côté pour ce faire, il le ferait.

— Super. Laisse-moi une minute pour me rafraîchir et je descends.

Il reposa Lacey par terre, et elle courut jusqu'à Graham, lui prit la main et le tira dans les escaliers.

— On t'attend en bas, papa, annonça Lacey.

— La dame sait ce qu'elle veut.

Le sourire de Graham était véridique, et Dan ne put s'empêcher d'espérer le revoir un peu plus souvent. D'après le peu de conversations qu'ils avaient eu à propos de leurs vies privées respectives, Dan commençait à comprendre que Graham avait été blessé à un moment ou un autre. Par qui et comment, de ça, la question restait tout entière. Il sourit en constatant que malgré ses échecs à le faire s'ouvrir un peu plus à lui, Lacey, elle, avait déjà gagné l'accès complet à son cœur.

Il n'y a qu'une enfant de cinq ans ou presque pour amener un adulte à s'aventurer en terrain inconnu.

— On t'attend, répéta-t-elle depuis le palier.

Graham croisa son regard et lui sourit de nouveau. Ah, ça oui. Son père n'avait pas encore trouvé son chemin jusqu'à la *Forteresse de Solitude*, mais sa petite princesse y était déjà une habituée.

Chapitre Vingt

— **TU** ne plaisantais pas quand tu disais que tu savais cuisiner, s'étonna Dan alors qu'ils s'asseyaient pour prendre le petit déjeuner, quelques minutes plus tard. L'air enchanté sur son superbe visage rappela à Graham des pensées bien plus coupables que quelques pancakes aux myrtilles.

— Je n'ai rien inventé, souligna Graham.

— Peut-être, mais c'est toujours mieux que quand c'est moi qui essaie d'en préparer.

— Il est possible que j'aie ajouté plus que les myrtilles à la préparation de base.

Graham les aurait normalement complètement préparés de ses mains. Sa mère lui avait appris à cuisiner, et comme, avant d'épouser son beau-père, elle avait pour habitude de travailler jusqu'à tard chez Denny's, c'était Graham qui s'occupait de leur préparer le petit déjeuner et le dîner, la plupart du temps.

— Un autre secret ? demanda Dan.

Graham rit malgré lui.

— Un peu de vanille. Je l'avoue. Je ne mens pas, c'est promis.

— Je ne t'en remercierai jamais assez.

— N'en fais pas tout un plat. J'ai faim, voilà tout.

— Je voulais dire, pour tout ce que tu as fait, expliqua Dan, son soulagement palpable. Pour avoir accepté de t'occuper de Lacey à la dernière minute. Et pour m'avoir aidé à me préparer pour l'audience.

— Tu aurais fait la même chose si ça avait été moi, rétorqua Graham, l'embarras prenant de nouveau le dessus sur le reste. Et pour ce qui est de Lacey… Pour être honnête, je m'entends bien mieux avec les enfants qu'avec les adultes.

Pourquoi lui avouait-il ce genre de choses ? Il se devait d'être *plus* prudent avec Dan, pas *moins.*

Dan jeta un coup d'œil au salon, où Lacey avait sorti la boîte de blocs de construction et l'avait renversée par terre. Elle chantonna en les triant dans l'ordre qui lui convenait.

— C'est la petite chenille poilue et très longue, qui danse et qui danse jusqu'à ce que le papillon l'en dispense.

— Lacey m'a appris cette comptine, nota Graham.

— Encore une preuve de ma piteuse oreille musicale, dit Dan en plissant le nez. Et c'est probablement pourquoi la mélodie est impossible à suivre.

— C'est *toi* qui as écrit cette chanson ?

— Je suis coupable.

Le rire de Dan était contagieux.

Graham n'avait qu'une envie : l'embrasser, mais comme à son habitude, il s'en priva.

— Dan, je…

— Hum ?

— Ce n'est rien.

C'était enfantin. Ils étaient tous les deux adultes. Il aimait passer du temps avec Dan. Et pour ce qui était de Lacey, elle s'était déjà fait une place dans son cœur. Être avec eux remplissait un vide à l'intérieur. Un vide qu'il avait essayé d'ignorer pendant si longtemps…

Dis-lui ce que tu ressens.

— Encore du café ? demanda Dan.

— Non, merci.

Graham inspira profondément. S'il pouvait plaider un cas devant une assemblée, il devait bien être capable d'admettre ses sentiments pour quelqu'un, non ?

— Écoute, Dan. Je sais que cela pourrait vite devenir compliqué, sachant que nous travaillons ensemble, mais j'ai pensé que nous devrions peut-être voir si cela pourrait fonctionner. Entre nous.

C'était minable – tendu, et expliqué comme s'il négociait un accord commercial pour le boulot.

Il était sur le point de réessayer quand Dan se pencha et l'embrassa. Ses lèvres avaient un goût de café et de sirop. La rugosité d'une fine barbe sur ses joues était agréable. Et cela rendait ça réel. Mieux que la dernière fois où ils s'étaient embrassés, car cette fois, Graham savait que ce n'était pas une erreur que Dan regretterait.

— C'est tout ce à quoi j'ai pensé depuis la dernière fois, dit Dan alors que leurs lèvres s'entrouvraient. Je craignais que tu aies encore des doutes.

— J'en avais. Mais je suis content que tu m'aies embrassé.

Graham pouffa.

— Pour quelqu'un qui gagne sa vie en parlant, il y a certains sujets sur lesquels je suis vraiment pathétique.

— Tu t'es fait comprendre, cette fois.

Dan s'adossa à sa chaise et bâilla.

— Je devrais vraiment y aller, déclara Graham.

— Pourquoi ? Tu as déjà accepté le dîner de ce soir, tu te souviens ?

Il sourit et ajouta :

— Tu as intérêt à tenir parole.

— Si je pars dès maintenant, tu pourras dormir un peu et…

— Le temps que tu rentres, tu pourras déjà faire demi-tour. En plus, une bonne sieste ne te ferait pas de mal non plus, répliqua Dan. Mon lit est bien assez grand pour nous deux.

— Et qu'en est-il de Lacey ?

Graham se rendit compte que sa question était trop vague.

— Je veux dire, qui va la surveiller ?

— Elle peut jouer dans sa chambre ou regarder un film. Elle s'en sortira toute seule comme une grande.

— Ah, je vois.

Graham se sentait vraiment idiot.

— Je serais plus inquiet pour toi, à vrai dire, le taquina Dan.

— Oh.

Graham rit malgré lui.

— Dans ce cas, je ne risque rien non plus. À supposer que cela en reste à une sieste, bien sûr. Je suis tout à fait capable de me retenir.

— Je n'en doute pas, dit Dan. Mais je t'en fais la promesse. Pour aujourd'hui, au moins, ce sera juste une sieste.

Cela pourrait s'avérer être un défi, car même si Dan avait l'air fatigué, il avait le sentiment que cela pourrait facilement déraper.

— Marché conclu.

— M. Graham et toi, vous allez faire une sieste ? demanda Lacey après que Dan eut expliqué que Graham restait, en fin de compte. Je peux faire une sieste avec vous ?

— Es-tu sûre d'être déjà fatiguée ? lui demanda Dan. Cela ne fait pas longtemps que tu t'es réveillée.

Lacey sembla y réfléchir, puis reprit.

— Je vais regarder *La Petite Sirène* pendant que M. Graham et toi, vous faites une sieste. Et après, on pourra aller au parc ?

Dan regarda Graham, qui hocha la tête en signe d'approbation.

— C'est d'accord.

— Ouais !

Lacey sauta de bas en haut, puis courut dans la salle de jeux.

— Elle est épuisante, admit Graham. Adorable, mais épuisante.

— On s'y habitue. Mais je pense que je fais plus de siestes qu'elle, au final.

Dan fit signe à Graham de le suivre jusqu'à sa chambre.

— Désolé, ça ne ressemble pas à grand-chose pour le moment. Nous avons terminé de déballer la dernière boîte il y a environ une semaine, mais à part la chambre de Lacey, je n'ai pas eu l'occasion d'accrocher de photos.

— Je suis impressionné que tu aies eu le temps de finir de déballer, avec tout le travail que tu as au bureau et ici, avec Lacey.

Dan haussa les épaules, puis dévisagea Graham de haut en bas.

— Quelque chose ne va pas ? demanda Graham.

— Je te trouve différent aujourd'hui.

Graham éclata de rire.

— Ça doit être la chemise froissée et la barbe de trois jours.

— J'aime ce look.

— L'odeur, néanmoins.

Graham fit une grimace.

— Ça te dérange si je me douche d'abord ?

Il avait bien besoin d'un rasage.

— Pas du tout. Sers-toi si tu as besoin de quelque chose.

— Merci.

— C'est normal.

Dan s'approcha et mit ses bras autour de la taille de Graham.

Graham rit à nouveau et laissa tomber le petit sac qu'il avait ramassé pour lui rendre la pareille.

— Ce n'est pas juste.

— Si ça l'est.

Dan se pencha et effleura ses lèvres.

— Si on attend de moi que je sois sage comme une image alors qu'un bel homme se trouve dans mon lit, le moins qu'on puisse m'accorder, c'est un petit avant-goût de ce que je vais manquer.

Graham embrassa Dan et le tira contre lui. Il pressa sa langue dans la chaleur de sa bouche et gémit. L'image du jeune Danny s'estompa avec le plaisir procuré par l'homme plus mûr. C'était probablement fou de penser que, tant d'années plus tard, lui et l'homme dont il avait rêvé étant adolescent pourraient vraiment avoir une chance d'être heureux. Mais le lycée était loin derrière eux, après tout. Ils n'avaient plus rien à voir, ni l'un ni l'autre, avec les personnes qu'ils étaient auparavant.

Tu dois lui dire !

Il le devait à Dan avant que cela n'aille plus loin. S'il continuait à éviter la vérité – s'il continuait à *mentir* à Dan – les retombées seraient bien pires. Et si Dan voulait toujours de lui après ça…

Le baiser se rompit.

— Dan ?

— Hum ?

— Il y a quelque chose que tu ne sais pas sur moi, admit Graham avant de perdre son courage. Quelque chose que tu devrais savoir avant de…

Dan l'embrassa, puis prit le visage de Graham en coupe.

— J'en sais assez. Nous avons encore du temps pour le reste. Je sais à quel point il est difficile pour toi de lâcher prise.

Graham hésita.

— Je…. Ça l'est, c'est vrai.

Il ne voulait pas tout gâcher entre eux. Pourtant, ils savaient tous les deux comment cette journée pourrait se terminer, et Dan avait le droit de savoir.

— J'ai vu comment tu te comportes avec Lacey, dit Dan avant que Graham ne trouve comment aborder le sujet. Tu es gentil. Patient. Tu es quelqu'un de bien.

Il prit la main de Graham et le conduisit jusqu'au lit.

— Dan, je ne veux pas que tu penses que je joue avec toi.

— Tu n'es pas comme ça.

Dan lui serra la main.

— Je le sais bien.

Il sourit, et le cœur de Graham s'emballa brusquement.

— Nous devons juste apprendre à mieux nous connaître. Ça viendra, petit à petit.

Graham soupira et s'autorisa à se détendre. Toutefois, au fond de lui, l'écho de Jimmy Zebulon résonnait toujours.

Chapitre Vingt et un

DAN se glissa sous les couvertures et écouta le bruit de l'eau coulant dans la douche. En quelques jours, tout avait changé. Cette pensée le laissa sans voix et désireux de savourer chaque instant ensemble.

Pour son grand bonheur, il n'avait pas à gérer Lacey pour le moment. Elle s'amusait dans la pièce voisine, et il était possible qu'une sieste ne suffise pas pour reposer son esprit exténué. Graham, lui, était bien plus réveillé. À sa façon de l'embrasser, il était évident que Graham ne manquait pas d'expérience. Mais les débuts maladroits de leur relation physique indiquaient qu'il n'avait que très peu eu l'occasion de véritablement sortir avec quelqu'un, et c'était sans même parler d'une relation plus durable comme Dan espérait que soit la leur.

Puis, il y avait cette évidente insécurité lorsqu'ils en parlaient. Peut-être que s'il le rassurait en lui assurant qu'ils allaient y aller doucement, Graham pourrait se détendre et se laisser aller. C'était le genre d'homme qui avait besoin de temps avant d'être à l'aise et de s'ouvrir à autrui.

La porte de la salle de bains s'ouvrit, et Dan fut soulagé de voir que Graham avait déjà enfilé le tee-shirt et le boxer que Dan lui avait prêtés. Son corps le trahit tout de même à la façon dont son haut tirait légèrement sur les muscles de son torse et de son abdomen, faisant ressortir sa musculature en relief. Néanmoins, Dan aurait eu beaucoup de mal à se contrôler si Graham était sorti à moitié nu.

Dan savait que Graham s'entraînait presque tous les jours, en plus de courir au moins quatre fois par semaine. Mais malgré son corps sublime et son beau visage, Graham semblait ignorant de sa propre beauté. Et cela l'amena à se demander quelle en était l'origine.

— Ça va mieux ?

— *Beaucoup* mieux, dit Graham d'une voix profonde.

— Tant mieux.

Dan prit quelques longues inspirations et ravala le désir qui commençait à descendre jusqu'à son entrejambe. La dernière chose dont Graham avait besoin était qu'il brusque les choses, même s'il savait qu'il lui faudrait user de toute sa volonté pour ne pas se jeter sur Graham dès qu'il se mettrait au lit.

— Tu me rejoins ?

Graham hocha la tête, mais son hésitation momentanée confirma sa supposition. Dan lui offrit ce qu'il espérait être un sourire rassurant et lui prit la main. Graham souleva les couvertures, puis s'installa sur l'oreiller.

— Nous irons au rythme qui te plaira, assura Dan.

Graham bâilla.

— Merci. C'est gentil. Pour le moment, j'ai bien besoin de dormir un peu.

Il tira la couette sur son torse, et Dan se retrouva à espérer qu'il puisse le serrer dans ses bras et le rassurer. L'expression qu'il affichait était si ouverte et vulnérable.

Le téléphone portable de Dan sonna, et il l'attrapa sur la table de chevet.

— Désolé. Il faut que je réponde.

— Pas de problème.

Graham roula sur le côté.

— C'est Dan. Oh, salut, Carmine. … Vraiment ? … Je vois. Je suis sûr que Lacey adorerait passer l'après-midi chez vous. … Oui, bien sûr, ça lui plairait beaucoup. Je vous l'amène, dans ce cas. … Super. À tout à l'heure.

— Un problème ? demanda Graham alors que Dan raccrochait.

— Pas du tout. C'était la mère de Carver.

— L'ami de Lacey ?

— C'est ça. Lacey est invitée à passer la journée avec eux à la piscine et à rester dîner.

Dan glissa hors du lit.

— Je vais l'habiller et l'amener là-bas.

— Veux-tu que je t'y accompagne ?

— Non, essaie de dormir un peu, d'accord ? fit Dan. Je reviens vite.

— Vite, alors.

Dan se pencha et embrassa Graham, qui sourit et ferma les yeux.

— **MONSIEUR** Graham sera là quand je reviendrai ? demanda Lacey alors que Dan l'aidait à enfiler son maillot de bain.

— Je l'espère.

— M. Graham va être mon autre papa, dit-elle simplement.

Dan pouffa.

— Je pense qu'il est encore trop tôt pour le dire, trésor.

— Je peux, moi.

Il déposa Lacey chez Carver, remercia Carmine de l'avoir invitée et rentra chez lui. Lorsqu'il ouvrit la porte de la chambre, il entendit Graham ronfler doucement. Dan enleva ses chaussures et se glissa dans le lit. Graham se retourna et enroula ses bras autour de lui sans ouvrir l'œil.

Dan savoura la chaleur du contact avant de fermer les yeux et de laisser le sommeil l'envahir.

Chapitre Vingt-Deux

DAN se retourna et se rendit compte qu'il y avait quelqu'un à côté de lui. Graham. *Ah*, c'est vrai. Il sourit et se concentra sur la hanche de Graham pressée contre la sienne alors qu'ils étaient allongés côte à côte. Depuis combien de temps ne s'était-il pas réveillé avec un homme à ses côtés ?

Depuis trop longtemps.

Quand il l'avait invité, il ne s'était pas attendu à ce que Graham reste. Et ce dernier devait savoir comment cette soirée pourrait se terminer, *il le devait*.

— Tu es réveillé ? fit Dan en se retournant pour faire face à Graham.

— À peine.

Graham lui sourit doucement. Ses yeux endormis trahissaient une pointe d'hésitation. Mais il ne bougea pas pour s'éloigner de Dan ou se lever du lit.

— Tu te sens mieux ?

Graham hocha la tête.

— Beaucoup mieux. Merci.

La tension monta dans les entrailles de Dan et irradia vers son cou et ses épaules. Il s'assit, rompant le contact entre leurs corps. Quelle ironie d'avoir supposé que Graham serait celui qui s'éloignerait. Il avait vraiment envie de tout ça entre eux, mais il fallait qu'il laisse Graham prendre les devants.

— Je vais aller nous préparer de quoi manger.

Avant qu'il ne puisse sortir du lit, Graham lui attrapa le bras.

— S'il te plaît, ne t'en va pas, dit Graham. Pas encore.

Graham n'hésita pas cette fois. Il attira Dan plus près et l'embrassa. Un brasier naissant se répandit dans tout son corps lorsque leurs lèvres se rencontrèrent. Ses muscles se détendirent, et il se glissa contre la délicieuse chaleur du corps de Graham. Dan soupira et ferma les yeux.

— Tu m'as dit que tu n'avais pas besoin de connaître le moindre de mes secrets. Je me demande maintenant si tu es sûr que c'est bien ce que tu veux, murmura Graham, un instant plus tard. Il y a des choses que j'ai faites et dont je ne suis pas très fier.

Il effleura la joue de Graham.

— Nous avons tous fait des erreurs. Ce qui compte, c'est qui nous sommes aujourd'hui. Je sais que cela semble cliché à dire, mais c'est la vérité.

Il était prêt à passer à autre chose et à embrasser une vie sans Benn, même si une once de crainte planait toujours.

Graham hocha la tête.

— Je n'ai jamais voulu… Je n'ai jamais envisagé autre chose que des relations purement sexuelles avec un autre homme.

Il soupira, mais son expression resta ouverte, agréable.

— Et maintenant ?

— Maintenant, c'est ça que je veux.

Dan considéra longuement ses paroles. D'un côté, il ne devait pas y avoir le moindre doute pour Graham en ce qui concernait ses intentions, mais d'un autre, il ne voulait pas non plus l'effrayer.

— Quand nous nous sommes rencontrés à Wilmington, une nuit m'aurait suffi. Mais je ne peux pas honnêtement affirmer que je ressens la même chose aujourd'hui. J'ai largement dépassé ça. Tu es devenu un bon ami pour moi, et j'aime vraiment travailler avec toi.

— Tu crains que si nous tentions quelque chose, ce puisse être la fin de notre amitié, nota Graham.

— Quelque chose comme ça.

Graham hocha la tête.

— Je comprends. Mais je pensais ce que j'ai dit. Je veux essayer de voir si ça fonctionne entre nous. Je veux que nous soyons *plus* que des amis, plus que des collègues, et bien plus qu'un simple coup d'un soir.

— Et si ça ne marche pas ?

— On revient au statu quo.

Dan doutait que cela soit possible, surtout vu l'étroitesse de leur relation professionnelle, mais à ce stade, il était déjà trop investi pour s'arrêter là.

— Ça me convient.

— Bien.

Graham l'embrassa à nouveau, et cette fois, Dan le poussa sur le dos et explora sa bouche. L'odeur fraîche du savon se mêla au parfum masculin et capiteux de Graham. Dan l'étudia du regard et sourit.

— Nous avons encore un compte à régler tous les deux.

— Ah ?

Graham haussa un sourcil interrogateur.

— Et qu'est-ce que cela peut être ?

— Ça.

Dan baissa son boxer et chevaucha Graham.

— Ton téléphone ? rappela Graham dans un petit sourire.

— Il est en mode silence. Lacey ne rentre pas avant huit heures. Cela nous donne beaucoup de temps, juste toi et moi.

— La deuxième fois sera la bonne.

Graham croisa le regard de Dan avec un air affamé et quelque chose que Dan ne parvint pas à définir.

Dan saisit son membre déjà bien dur dans son poing et en suça le bout. Graham inspira brusquement, et son corps se tendit. Dan se lécha les lèvres, juste pour la beauté du spectacle, puis se remit au travail, explorant la fente avant d'encercler le gland. Son pénis était exquis, long et légèrement arqué vers son ventre. Il explora la surface veinée avec sa langue, prenant soin de l'effleurer de ses lèvres et d'en lécher le bout pour y goûter le fluide salé.

Malgré les soubresauts de son corps, Graham resta étonnamment silencieux. Ses yeux brillaient d'émotion, comme si tout un océan se dissimulait dans son regard, prêt à se déverser si quelqu'un parvenait à faire tomber le barrage.

Dan gémit en suçant, désireux que Graham s'ouvre à lui. Il bougea de haut en bas, le marquant de ses dents, de ses lèvres et de sa langue. Il passa ses doigts sur les cuisses athlétiques de Graham, les traçant de ses mains, les encerclant, mais ne s'aventurant jamais plus près de l'objet de son désir.

Allez, Graham. Montre-moi ce que tu me caches.

Dan augmenta sa succion et, au même moment, passa un pouce entre les jambes de Graham et ses testicules, le taquinant sans jamais établir de contact direct. Graham se tendit, la respiration saccadée, mais il resta toujours silencieux. Dan était sûr qu'il luttait contre lui-même pour ne pas céder, et ça rendait l'expérience encore plus excitante.

Dan libéra sa longueur, laissant ses lèvres descendre à la base de celle-ci, et il se remit à sucer, lentement cette fois-ci. Il faufila sa main plus bas et effleura doucement sa peau, puis se dirigea vers son antre. Il fut récompensé par un halètement.

Voilà.

Il appuya doucement sur l'ouverture de Graham, mais n'insista pas plus que nécessaire. Au lieu de ça, il laissa son doigt pressé au même endroit et continua de le dévorer de sa bouche. De son autre main, il caressa son sexe suintant, qui était devenu encore plus dur qu'avant.

C'est ça.

Graham se tendit, puis se relaxa de nouveau. Dan reporta son attention sur le membre de Graham, relâchant la pression de son doigt et passant ses mains sur les cuisses de Graham pour venir remonter sur son torse. Il y trouva un mamelon, puis un autre, et les frotta d'abord doucement, puis plus fort jusqu'à les pincer.

— Putain de merde, siffla Graham.

Dan sourit autour de sa queue, mais il ne ralentit pas. Il fredonnait joyeusement, créant des vibrations et augmentant la pression pendant qu'il jouait avec les mamelons de Graham, alternant entre pincements et effleurements.

— Dan, tu vas me faire jouir !

C'est le but.

Il commençait à avoir mal au cou et aux épaules à cause de l'effort, mais il ne s'avoua pas vaincu. Il continua de se mouvoir contre lui, avec ses mains, sa langue, sa bouche et ses lèvres.

C'est ma façon de me faire pardonner pour l'état dans lequel je t'ai laissé la dernière fois.

Il pouffa à cette pensée, faisant vibrer ses lèvres avec d'autant plus d'intensité.

Graham poussa un cri et jouit dans la bouche de Dan. Il attrapa ses épaules et s'y tint comme s'il était sur le point de tomber dans un abîme. Dan se lécha les lèvres et regarda Graham frissonner, puis se détendre peu à peu et retomber en arrière sur le lit. L'expression béate sur son visage valait bien les nœuds dont Dan souffrirait le lendemain matin.

— C'est ça que j'ai raté après la course ? rit Graham. Zut alors. Je n'aurais jamais dû te laisser partir aussi facilement.

— J'espère qu'un jour tu pourras oublier cet échec monumental.

— Et si on augmentait la mise ?

Les yeux de Graham s'embrasèrent.

— C'est quoi le jeu ?

— Tu as des préservatifs ?

Dan haussa les sourcils et inclina la tête vers la table de chevet. Graham se leva, donnant à Dan une vue de son fessier parfaitement sculpté.

L'entraînement aux triathlons parle de lui-même. Magnifique.

Les mollets musclés de Graham se tendirent alors qu'il fouillait dans le tiroir et récupérait les préservatifs et le lubrifiant que Dan avait achetés dans l'attente de ce moment.

— Et maintenant ?

Dan n'essaya qu'à moitié de cacher le sourire qui menaçait de s'étendre sur son visage.

— Maintenant, nous devons décider quoi faire avec.

— Oh.

Graham lui fit un clin d'œil et ouvrit le paquet.

— Je pense que tu pourrais peut-être en faire quelque chose.

— Ah, oui ?

Graham se pencha et se mit à caresser son membre à plusieurs reprises, puis le lécha d'un air taquin. Dan expira lorsqu'il fit descendre ses doigts et sa langue le long de son sexe. Bordel, il pourrait regarder Graham toute la journée sans se lasser.

Graham était magnifique. Mais sa mâchoire ciselée et ses pommettes parfaites n'étaient pas ce qui faisait battre le cœur de Dan. Il aimait la manière dont Graham mordillait sa lèvre inférieure lorsqu'il se concentrait sur quelque chose. Et la façon légèrement maladroite qu'avait Graham de bouger quand il savait que quelqu'un le regardait était la chose la plus sexy qui soit.

Graham se retourna vers le lit, les lèvres jointes dans un petit sourire narquois.

— Ça fait un moment que je m'entraîne, dit-il en mettant le préservatif déballé dans sa bouche.

— Oh putain.

Graham grimpa sur le lit et le caressa – et il n'avait vraiment pas besoin de ça à ce moment précis ! – puis se pencha vers lui et le prit en bouche. Dan retint son souffle alors que Graham pressait le préservatif sur la couronne et commençait à le manipuler avec ses lèvres. Il fit bouger sa langue et…

Graham recracha le préservatif et s'écroula sur le lit en riant. Lorsque Dan réalisa ce qui venait de se passer, il éclata de rire à son tour.

— Et moi qui pensais avoir un Casanova dans mon lit.

Graham rit, toussa et secoua la tête.

La référence était si juste que cela rendit ce moment encore plus parfait qu'il ne l'était déjà. Dan attrapa Graham, et ils roulèrent tous les deux sur les oreillers.

— T'es-tu vraiment entraîné ? demanda Dan.

— Non. Mais j'ai toujours voulu essayer.

Il ne voulait pas l'embarrasser, mais savoir que Graham était suffisamment à l'aise avec lui pour essayer le mettait de très bonne humeur.

— Tu peux t'entraîner sur moi, si tu veux ? fut tout ce qu'il dit.

Une minute plus tard, armé d'un autre préservatif qu'il parvint à mettre dans sa bouche, avec l'ouverture vers le bas cette fois, Graham ne se gêna pas. Il lui fallut quatre essais en fin de compte, mais chacun d'entre eux le fit frissonner de désir. Quand il eut fini, Graham leva les yeux, et cette fois, il sourit.

— Toutes mes félicitations.

Dan pouffa, mais la légèreté de son humeur s'envola rapidement lorsqu'il croisa un regard aussi déterminé que sérieux.

Un Graham très sérieux, brûlant de désir pour lui.

Graham s'empara du lubrifiant et en versa sur ses mains. De la première, il encercla le membre de Dan de sa paume, et de la seconde, il s'attela à détendre son antre. Et pour chacun de ses mouvements, ses yeux plongeaient plus profondément dans ceux de Dan, qui frissonnait et se léchait les lèvres. Cette façon qu'avait Graham de passer si rapidement d'un gamin un peu idiot à l'homme sérieux et en contrôle de la situation le fascinait. Il y avait quelque chose de puissant à découvrir ce qui se cachait sous le vernis de confiance de Graham, comme s'il dissimulait au reste du monde une partie essentielle de lui-même.

Graham ne dit rien, mais il se pencha et captura les lèvres de Dan comme pour dire « Ici et maintenant, *je* suis le centre de ton univers ». Dan suivit le pas et s'accrocha à ses biceps. Le visage de Graham s'éclaira d'un sourire éclatant qui créa de minuscules rides autour de ses beaux yeux verts. Pas étonnant qu'il soit tombé amoureux de cet homme…

Graham se glissa lentement sur la longueur de Dan, son expression se métamorphosant alors que la douleur momentanée se transformait en plaisir. Et encore une fois, Dan sentit un soupçon de fragilité sous l'attitude autoritaire, un vide.

As-tu envie de moi? ponctuait ses mouvements puissants et déterminés. Dan poussa un soupir de plaisir et se laissa se noyer dans les yeux de Graham alors qu'il l'engouffrait tout entier.

Dan se tint fermement à lui lorsqu'il se remit en mouvement.

— Tellement bon.

Ses lèvres tremblaient, mais son visage restait impassible. Il se pencha et lécha l'un des mamelons de Dan. Ce dernier soupira son approbation alors que Graham accélérait le rythme.

Dan enfonça ses ongles dans la peau de ses bras et lutta contre une vague contre laquelle il ne céda pas. Ce n'était pas encore le bon moment. Il souleva le bassin et entra en lui avec le mouvement qui suivit, surprenant Graham qui expira et gémit. Bordel, il pourrait apprendre à aimer voir Graham se laisser aller comme ça !

À plusieurs reprises, Dan ondula avec Graham, au bord de la jouissance, de minuscules points argentés maculant sa vision.

— Tellement étroit, haleta-t-il. Tellement bon.

Graham se resserra sur ces mots, enveloppant Dan de sa chaleur. La sueur perlait sur son front et sa respiration s'accéléra. Son sexe se raidit encore un peu plus alors qu'ils se mouvaient en tandem. Dan le saisit à la base et glissa son pouce et son index sur le bout, jouant avec au même rythme.

— Comme ça.

Les mots semblèrent surprendre Graham encore plus que Dan, car il cligna des yeux et s'arrêta de respirer l'espace d'une seconde avant qu'un sourire qui atteignit ses yeux ne s'étende sur son visage et ne brille de mille feux.

— Plus vite. Je t'en prie. Plus fort.

Dan s'y dévoua joyeusement et resserra sa prise alors même que son propre orgasme atteignait un crescendo. Il vint dans une explosion de plaisir alors que Graham se déversait sur son poing. Pendant près d'une minute, ils restèrent sans bouger, puis Graham se saisit du préservatif avant que quoi que ce soit ne puisse se déverser. Il revint quelques secondes après et se glissa sous les couvertures.

Il avait été attiré par Graham depuis si longtemps, et satisfaire son besoin physique n'avait fait qu'attiser son besoin émotionnel. Il voulait que Graham reste plus que pour une seule nuit. Et pourquoi ne pourrait-il pas rester pour toujours ?

Chapitre Vingt-Trois

GRAHAM leva les yeux au coup frappé à la porte de son bureau.

— Entrez.

Terri brandit une pile de rapports en entrant.

— Les rapports trimestriels doivent être remis au comptable d'ici à la fin de la semaine.

Elle laissa tomber les rapports sur son bureau.

— Bonne nouvelle ? demanda Graham.

— Très bonne nouvelle. Le chiffre d'affaires est en hausse de près de 20 pour cent par rapport à l'année dernière à la même époque. Notre charge de travail augmente également, mais avec Dan et les nouvelles recrues qui font tout leur possible, même l'administration semble être satisfaite.

— J'aimerais accorder des primes cette année.

Elle le dévisagea.

— Cela fait trois ans qu'on se dispute à ce propos, et maintenant, tu me dis que *tu veux qu'on* donne des primes ?

Il rit et secoua la tête.

— C'est toi qui l'as dit. L'entreprise se porte bien et les revenus augmentent. Il est maintenant temps de s'assurer que notre personnel n'ait pas l'impression qu'on leur jette à la figure tout ce travail avant de leur demander de passer à la tâche suivante.

— Et je suis d'accord, néanmoins…

— Néanmoins, tu t'es dit qu'il faudrait au moins qu'on se dispute un peu à ce sujet.

Elle hocha la tête et s'assit sur l'une des chaises devant son bureau.

— Je suis sans voix.

— Tu ne parlerais pas si c'était vraiment le cas, fit-il remarquer.

Elle lui lança un regard noir, mais elle souriait toujours.

— Qu'est-il arrivé à mon partenaire et qui êtes-vous ?

— Tu te sentirais plus à l'aise si je grognais ?

— Il s'est passé quelque chose, c'est ça ? dit-elle en croisant les jambes.

— Pourquoi penses-tu toujours que…

— C'est Dan et toi, hein ? C'est ça, n'est-ce pas ?

Il rit.

— J'ai cent pour cent raison. Dan et toi, vous l'avez fait ?

— Nous sortons ensemble, la corrigea Graham. Le reste ne te regarde pas.

— Très bien. Mais… ah, mince alors, Graham, quand est-ce arrivé ?

Il se félicita silencieusement en voyant qu'elle ne l'avait pas vu venir.

— Je sais à quoi tu penses, dit-elle avant qu'il ne puisse répondre. Tu crois m'avoir bien eue, cette fois-ci.

— Ce n'est pas parce que tu aimes parler des femmes que tu emmènes boire un verre, dit-il avec une indignation feinte, que je dois faire de même.

Elle se leva, ramassa un dossier et le frappa à la tête. Il rit jusqu'à devoir essuyer les larmes au coin de ses yeux. Puis elle fit quelque chose à laquelle il ne s'attendait pas : elle jeta ses bras autour de lui et le serra fort.

— Il n'y a pas meilleur couple, répondit-elle en le libérant de son étreinte.

— Nous sortons ensemble, Terri. On ne va pas se marier.

— Tant mieux. Parce que ce serait vraiment injuste, répliqua-t-elle d'un ton neutre.

— En quoi serait-ce inju…

Il la dévisagea.

— Toi… et Beth… vous êtes… ?

— T'ai-je déjà dit combien j'aime quand le beau parleur en personne bégaie en ma présence ?

— Terri…

— Oui.

Elle sourit.

— Beth m'a fait sa demande, donc j'aurai besoin d'un témoin.

Il la serra dans ses bras.

— Félicitations ! Mais pourquoi voudrais-tu que ce soit…

— Parfois je me demande si tu as reçu un coup sur la tête qui t'a fait perdre tout ton bon sens. Ou peut-être que tu n'en as jamais eu une seule goutte, souffla-t-elle.

Son expression devint sérieuse.

— J'ai vraiment envie de prendre une brique et de te frapper avec parfois. Je ne t'appelle pas mon meilleur ami parce que je pense que c'est mignon à dire, tu sais ?

— Ah ? Et moi qui pensais que c'était parce que *je suis* mignon, rétorqua-t-il d'un ton impassible.

— Mignon, ce n'est pas le mot exact que j'emploierais.

Elle soupira d'un air théâtral.

— Mais je vais être franche, je ne m'imagine pas me marier sans toi. Tu le feras, dis-moi ?

— Bien sûr que je le ferai.

— Alléluia.

Elle se rassit.

— Nous n'avons pas fixé de date, mais je pensais à un mariage estival. Peut-être dans les montagnes.

— Par chez moi ?

— J'espérais que tu dirais ça.

Son sourire éclatant était contagieux.

— La maison ne sert pas suffisamment, à vrai dire, et la pergola en haut de la colline…

— Serait l'endroit parfait pour une cérémonie de mariage, termina-t-elle pour lui. Bien sûr, une double cérémonie serait un vrai miracle.

— Dans tes rêves. Et puis, Dan et moi nous connaissons à peine.

Elle serra les lèvres et fronça les sourcils.

— Je ne te comprends pas.

— Quoi ?

— Regarde-toi, s'exclama-t-elle.

— Que devrais-je voir ?

— Tu es enfin heureux. Et là, tu fais déjà ton pessimiste.

— Terri, nous n'avons même pas encore eu de rendez-vous officiel.

Ses pensées revinrent au week-end où il s'était endormi en tenant Dan dans ses bras.

— Tout ce que je dis, c'est que tu ne peux pas commencer une relation en supposant que les choses ne fonctionneront pas, rétorqua-t-elle.

— Je suis juste réaliste.

— Parfois, j'ai envie de te gifler, tu sais.

Elle se leva et se dirigea vers la porte.

— Fais-moi juste une faveur.

Il haussa un sourcil.

— Et quoi donc ?

— Essaie de t'amuser un peu pour changer.

Elle ouvrit la porte et faillit trébucher sur Dan qui levait une main pour frapper.

— Est-ce que je vous interromps ?

Dan entra.

Terri haussa les épaules et pivota sur ses talons hauts de huit centimètres.

— Pas du tout. Ton timing est parfait.

Elle fit un signe de la main et ferma la porte derrière elle.

— J'ai raté quelque chose ? demanda Dan.

— Terri va se marier.

— Ah. Et elle t'a demandé d'être son témoin ?

— Pourquoi est-ce que tout le monde est au courant avant moi ? railla Graham.

— Elle m'a demandé si je pensais que tu le ferais. Je lui ai dit que tu le ferais certainement, même si tu serais plus nerveux à l'idée de te tenir debout avec elle qu'à celle de plaider une affaire en appel.

Dan se frotta la nuque. Graham repoussa l'idée de mordiller la peau et d'embrasser jusqu'au menton de Dan.

— Alors, quelle est ta réponse ?

— Je lui ai dit oui.

Merde. Il allait devoir se concentrer davantage quand Dan serait là.

— C'est une super nouvelle.

Dan sourit, et Graham réprima un frisson. Le corps de Dan pouvait bien envoyer des ondes de choc à ses membres inférieurs, mais quelque chose dans la façon dont il souriait alla droit au cœur de Graham – une réaction bien plus dangereuse.

— As-tu besoin de moi pour quelque chose ?

Graham avait besoin d'une raison pour se concentrer sur autre chose que sur Dan.

— Juste pour t'informer que CRTC Inc. a déposé une réponse à notre plainte. Rien de particulièrement intéressant.

— Merci.

Voyant que Dan ne fit pas un geste pour partir, Graham ajouta :

— Y avait-il autre chose ?

— Le week-end dernier a été vraiment formidable, affirma-t-il.

— Je suis d'accord.

Graham regrettait de ne pas avoir pu passer le dimanche soir avec Dan et Lacey. Sur le coup, il avait cru qu'il valait mieux mettre une certaine distance entre leur couple et leur relation professionnelle. Mais il n'avait pas très bien dormi, seul, cette nuit-là, et il s'était réveillé en souhaitant que Dan soit là.

— Il y avait quelque chose que je voulais te demander, dit Dan.

— Bien sûr.

— Je me demandais si tu aimerais passer Thanksgiving avec Lacey et moi chez mes parents. Si tu as déjà des projets, ajouta Dan rapidement, je comprends tout à fait. Ce ne serait pas surprenant que tu aies planifié tes vacances, comme la plupart des gens, mais…

— Cela me plairait beaucoup.

Il n'y avait même pas pensé.

Dan se détendit.

— Ça me rassure. Je n'étais pas sûr que je devrais te le demander, mais c'est Lacey qui a insisté.

— Dans quelques années, elle va te mener à la baguette, tu sais.

— Quelques années ?

Dan rit et se frotta la bouche.

— Elle m'a déjà complètement sous son charme.

Cinq minutes plus tard, une fois Dan parti, Graham réalisa finalement ce qu'impliquait sa décision de passer Thanksgiving avec les Parker. Comme toujours, quand il s'agissait de Dan, son cerveau fonctionnait au ralenti, apparemment.

Suis-je prêt pour ça ?

Il n'était pas retourné à Carletonville depuis qu'il l'avait quitté, quinze ans auparavant.

Et qu'y trouverai-je ?

La plupart des personnes qu'il avait connues devaient déjà avoir déménagé. Il n'avait plus d'amis ni de famille là-bas. En réalité, ce n'était plus rien qu'une ville parmi tant d'autres pour lui. Il y serait un étranger. Personne ne le reconnaîtrait. Il n'avait rien à craindre.

Tout ira bien. Je pourrais même m'y amuser, qui sait.

Terri avait raison. Il *était* heureux. Et passer du temps avec Lacey et Dan assurerait qu'il le reste.

Alors pourquoi ressentait-il cette lourdeur dans sa poitrine ?

Chapitre Vingt-Quatre

DAN ENROULA ses bras autour de la taille de Graham et se plaqua contre son dos.

— Bonjour.

La voix de Graham était tel un grondement des plus séduisants.

Dan embrassa son dos et jeta un coup d'œil au réveil sur la table de chevet : 8 h 13. S'il avait été à la maison, Lacey l'aurait déjà réveillé. Il chercha son téléphone d'une main.

Graham se pencha sur le côté du lit pour le récupérer et le drap glissa de son corps nu.

— Je suis sûr qu'elle va bien. Mais elle aimerait avoir des nouvelles de son père, il n'y a pas de doutes là-dessus.

— Laisse-moi admirer la vue, juste un peu.

Graham secoua la tête et prit tout son temps pour enfiler un jogging.

— Tu le fais exprès, le réprimanda Dan.

— Appelle Lacey. Je vais faire du café. Et ensuite, nous pourrons aller petit-déjeuner ou peut-être…

Graham sourit, puis sortit de la chambre ; *sa* propre chambre.

Lacey était chez ses parents pour le week-end. Pendant ce temps, ils étaient allés à un concert de country au Red Hat Amphitheatre, puis ils avaient dîné tard dans la nuit au Capitol Club. Un vrai rendez-vous.

Sa mère l'avait appelé quand il lui avait parlé de ses projets.

— Ça faisait longtemps, avait-elle dit d'une voix traînante.

Lui et Graham s'entraînaient régulièrement. Ils avaient même déjà prévu de faire leur premier Ironman à Hawaï au printemps. À part ça, ils n'avaient pas eu une seule minute à eux, dernièrement. Cela ne dérangeait pas Dan, bien sûr. Il aimait passer du temps avec Lacey. Mais un week-end à ne pas avoir à se soucier d'amener Lacey à ses cours de natation et à nettoyer la maison était quelque chose qui lui était très peu familier.

— Je vais sur le balcon, dit Graham alors que Dan peinait à avancer à la lumière du soleil qui traversait les baies vitrées. Du café t'y attend.

Dan pouffa et traversa le salon jusqu'au balcon surplombant la ville. Il inspira lentement, puis rejoignit Graham à la petite table sur laquelle était posée la cafetière.

— Un sucre et beaucoup de lait.

Graham lui tendit une tasse fumante, et Dan soupira de contentement. Il but une longue gorgée et croisa le regard de Graham.

— Quelle vie !

Graham secoua la tête et éclata de rire.

— Ça fait du bien, non ?

Dan posa son café sur la table et passa une main dans ses cheveux.

— Je comprends pourquoi tu aimes tant cet endroit.

— C'est facile à trouver en voiture, plaisanta Graham.

Son expression lumineuse rappelait à Dan le sentiment qu'il ressentait à courir pieds nus sur de l'herbe fraîchement coupée lorsqu'il était encore tout petit. Les choses étaient tellement plus simples à l'époque. Avec Benn, la vie avait été agréable. Dénuée d'obstacle. Leur amour avait rapidement pris toute la place. Il n'y avait eu aucune crise, aucun drame. Quand Benn était mort, Dan croyait qu'il n'arriverait jamais à passer à autre chose. Il avait Lacey, et c'était tout ce dont il avait besoin. Ou du moins le pensait-il.

Dan se leva et embrassa le crâne de Graham.

— C'est pour quoi ?

— Juste comme ça.

Graham se leva et fronça les sourcils.

— As-tu des doutes sur notre couple ?

Comment Graham pouvait-il penser ça ?

— Sur notre couple ? Non. Je repensais juste à la façon dont je me suis amusé hier soir. Au concert…

Il embrassa Graham sur les lèvres cette fois.

— Et après.

— Nous n'avons pas beaucoup dormi.

— Non. Mais quand on vit avec une enfant de quatre ans, on a l'habitude de survivre avec quelques heures de sommeil.

— Nous pourrions faire une sieste après le petit déjeuner.

— Ah ?

Dan effleura de ses lèvres celles de Graham.

— Notre bilan de sommeil quand nous sommes au lit ensemble n'est pas très bon, je dois dire.

— Nous dormons quand même, rétorqua Graham avec une indignation feinte. Au moins un peu.

Graham renifla, amusé par ses propres mots.

— En parlant de petit déjeuner, reprit Dan. Je crois me souvenir que tu voulais qu'on sorte aujourd'hui ?

— Oui, je n'ai pas eu le temps de faire des courses, admit Graham d'un air penaud. Avec les dépositions de la semaine dernière, j'ai complètement oublié.

— Il doit bien y avoir quelque chose dans tes placards que nous pouvons manger.

Dan fit entrer Graham à l'intérieur et ouvrit l'une des armoires de la cuisine.

— Des barres protéinées ?

— Je n'ai pas le temps de préparer le petit déjeuner, d'habitude.

— C'est le repas le plus important de la journée, fit Dan.

Graham enroula ses bras autour de sa taille.

— Il va falloir que tu me le prépares plus souvent, dans ce cas. Même si ma mère m'a appris à cuisiner, je me contentais de Cocoa Krispies ou de Froot Loops en général, à l'époque. C'était plus rapide.

— Trop injuste. Tu ne sais pas combien de crises j'ai dû essuyer dans le rayon céréales. Et je suis presque sûr que c'était sa manière de se venger, la plupart du temps.

Dan ouvrit une autre armoire et trouva de la farine autolevante. Il la tint d'un air triomphant.

— Je pensais que tu ne t'embêtais pas à les préparer.

— Il faut bien commencer quelque part. Et puis, je ne peux pas te laisser me surpasser en cuisine, ce serait un vrai coup pour mon ego.

Il ouvrit le frigo et en sortit le lait, le beurre, puis fouilla un peu avant de s'emparer de la confiture.

— On va s'en contenter.

— Je ramène un homme à la maison, et voilà qu'il se met derrière les fourneaux.

— Tu te plains, ou je me trompe ?

— Tu rigoles, j'espère ?

Graham embrassa le cou de Dan, le faisant frissonner.

— Si vous continuez comme ça, monsieur Swann, nous risquons de ne pas avoir de petit déjeuner.

Il lui fit un clin d'œil et ouvrit quelques placards, à la recherche d'un bol.

— Tu sais que ce que tu as dit à propos du petit déjeuner, ce sont des conneries, hein ? fit remarquer Graham alors que Dan se mettait à peser la farine. C'est une invention pure et simple des entreprises de céréales.

Dan mit une main couverte de farine sur son cœur.

— Et ensuite, tu vas me révéler que c'étaient mes parents qui se faisaient passer pour La Petite Souris ?

— Je n'oserais pas, rétorqua Graham.

— Bien. Et maintenant, sois un gentil garçon et va chercher le café que nous avons laissé sur le balcon, ajouta Dan en imitant la voix de sa mère.

— Et si je ne le fais pas ?

— Alors, tu découvriras ce qui se passe lorsqu'on ne me laisse pas terminer mon café matinal.

— Je parierais sur un vrai rayon de soleil.

— Quelque chose comme ça.

Graham fit un signe et sortit de la cuisine. Lorsqu'il revint quelques secondes plus tard avec les tasses, il souriait.

— À quoi dois-je ce beau sourire ?

Dan versa le lait dans le bol.

— À rien de spécial.

Graham déposa le café et se plaça derrière Dan, encerclant sa taille et embrassant sa nuque.

— Tu me distrais, le réprimanda Dan en hoquetant lorsque Graham se mit à sucer le lobe de son oreille.

C'était une distraction plus que bienvenue. Ça, et tout le reste. Les railleries à la volée. Le sexe. Leur amitié. Il était agréable d'avoir quelqu'un avec qui paresser le dimanche matin. Et bien qu'il aime Lacey plus qu'il ne pensait pouvoir aimer quiconque, il était plaisant d'avoir quelqu'un de son âge à proximité.

— Peut-être que c'est mon objectif.

Graham l'embrassa à nouveau, et cette fois, Dan reposa la cuillère en bois. Il se retourna et réclama ses lèvres, tirant Graham tout contre lui. Se délectant de la chaleur de leur contact. La chaleur de son toucher.

— La chambre ? demanda Dan.

— Je pensais que tu ne me le demanderais jamais.

Graham les fit reculer hors de la cuisine et dans le couloir, ses bras toujours enroulés autour de Dan.

Le petit déjeuner pouvait bien attendre.

Chapitre Vingt-Cinq

— **JE** n'arrive pas à croire que j'ai accepté ça, déclara Graham alors que Dan sortit de la I-40 sur la route 74.

Déjà, les hautes montagnes étaient visibles à l'horizon. Graham avait acheté une maison de vacances près de Blue Ridge Parkway, mais il n'y était allé que quelques fois.

— Mes parents sont plutôt tolérants, l'informa Dan. Il a fallu un peu plus de temps à mon père pour accepter ma sexualité, mais il l'a acceptée. Maman a insisté pour te rencontrer à la minute où elle a appris que je voyais quelqu'un. Et quand elle a appris que tu n'avais rien de prévu pour Thanksgiving…

— On me fait l'aumône, maintenant.

Le sourire de Graham démentait ses propos. Il était terriblement nerveux. C'était déjà une assez mauvaise nouvelle qu'il ait accepté de retourner dans un endroit où il s'était juré de ne jamais revenir, mais en plus de ça, il y retournait pour rencontrer les parents de l'homme dont il était éperdument amoureux.

— Elle fait une sacrée bonne tarte à la citrouille, et mon père va faire rôtir une dinde. Tu ne le regretteras pas.

Graham espérait vraiment qu'il avait raison.

Son estomac se noua. Personne à Carletonville ne se souviendrait de lui ou ne le reconnaîtrait, mais cela ne l'avait pas empêché de passer quelques nuits blanches à s'inquiéter. Il n'était pas exactement la personne la plus facile à approcher, et Dan était quelqu'un de si chaleureux, en comparaison. Et si les parents de Dan ne l'aimaient pas ?

Graham jeta un coup d'œil à l'arrière, où Lacey dormait dans son rehausseur. Elle s'était endormie après le déjeuner qu'ils avaient mangé à Asheville, et il supposa qu'elle dormirait jusqu'à leur arrivée. Il aurait aimé pouvoir se détendre aussi facilement qu'elle.

— Ils savent que nous venons juste de commencer à sortir ensemble, avait dit Dan. Mais ils veulent aussi rencontrer mon tout nouveau boss.

Graham supposa que ce n'était qu'en partie vrai. Mais c'était important pour Dan et Lacey, et cela valait la peine de souffrir un peu d'anxiété.

— Hé.

Dan posa sa main libre sur le genou de Graham.

— Tu vas bien ?

— Ça va.

— Si tu préfères rester chez toi, ça me va aussi.

Bien sûr que Dan avait compris où était le problème. Il comprenait toujours.

— Merci.

— Terri m'a dit que tu as grandi dans les montagnes, continua Dan. Nous pourrions prendre une journée et aller jusqu'à ton ancien chez-toi, si tu veux. S'il y a quelqu'un là-bas que tu voudrais…

— Ce ne sera pas nécessaire. Il n'y a personne que je veuille voir.

Il dut l'avoir dit avec plus de force que nécessaire, car un froncement de sourcils marqua le visage de Dan.

— D'accord.

Dan n'insista pas plus que nécessaire.

Pourquoi le passé lui revenait-il toujours en pleine figure ? Il croyait que tout irait bien, mais il s'était trompé. Le voyage jusqu'au chalet n'était pas différent d'un autre. Mais à chaque kilomètre qui passait, les choses devenaient de plus en plus familières : un marchand de glaces où il avait été avec la fanfare après un match, le parking de voitures d'occasion où Carl avait acheté un tacot quelques mois avant que Graham ne déménage, une école rivale.

Respire. Respire.

— Tout va bien ? répéta Dan.

Il lui fallut collecter tout son sang-froid pour ne pas se mettre à crier.

— S'il te plaît, ne t'inquiète pas pour moi.

— Je dois aller aux toilettes, gémit Lacey.

— Peux-tu tenir encore quelques minutes ? demanda Dan. Nous y serons bientôt.

— Je dois aller aux toilettes, répéta-t-elle en insistant encore plus.

Dan soupira et quitta la route.

— Cela prend toujours plus de temps que prévu.

Quarante minutes plus tard, s'étant arrêtés à la station-service de Han-Dee Hugo pour que Lacey puisse aller faire pipi – Graham était allé chercher quelques canettes de Coca pendant que Dan faisait le plein – ils sortirent de l'autoroute pour se retrouver sur des sentiers plus familiers.

— Nous sommes bientôt arrivés, s'exclama Dan lorsque Lacey lui demanda à nouveau combien de temps il leur restait.

Alors qu'ils traversaient la périphérie de la ville, Graham serra la mâchoire. De l'autre côté de la rivière qui traversait la région, un nouveau centre commercial avait fait son apparition, mais le reste n'avait pas beaucoup changé. Ils suivirent la route principale vers le centre-ville, du moins, si l'on pouvait vraiment appeler la rue principale avec son assortiment de boutiques de Noël et son unique épicerie un « centre-ville ». Quelques-uns des magasins étaient restés les mêmes, mais plusieurs devantures comportaient des panneaux « À louer ». La ville paraissait plus petite. De nombreux bâtiments étaient en mauvais état.

— On a connu des jours meilleurs, dit Dan, comme s'il avait lu dans les pensées de Graham. La crise a fait des ravages. Nous commençons tout juste à nous en remettre, grâce à la nouvelle station de ski à quelques kilomètres de là.

— Tu fais du ski ?

— J'étais plutôt bon quand j'étais plus jeune, répondit Dan. Mais quand j'ai commencé à me démarquer sur un terrain, mon entraîneur m'a interdit d'y retourner au risque de me briser un genou sur les pistes.

— J'ai toujours voulu apprendre.

Graham n'avait jamais eu l'argent pour se l'offrir.

— Peut-être qu'un de ces jours, je te montrerai. Ça tombe bien, je voulais inscrire Lacey à son premier cours.

— Ils apprennent aux enfants de son âge à skier ?

C'était une question stupide, mais Graham avait besoin de quelque chose pour garder les souvenirs de son passé dans les tréfonds de son esprit, au risque qu'ils lui traversent l'esprit comme le vent contre un toit de tôle. Et il faudrait vraiment qu'il arrête de fantasmer au sujet d'un avenir avec Dan.

— Même à des plus jeunes. Ils les emmènent au sommet de la piste verte sans bâton, leur mettent un casque, et c'est parti.

— On est arrivés ? demanda Lacey.

— Presque.

Dan jeta un coup d'œil à Graham et secoua la tête.

Quelques minutes plus tard, l'estomac de Graham se noua alors qu'ils se garaient dans l'allée d'une modeste maison à deux étages. Ils étaient à peine sortis de la voiture qu'une femme aux longs cheveux gris attachés en queue de cheval jaillit de la maison, les bras grands ouverts.

— Mamie !

Lacey se mit à courir vers elle, et la femme en question l'attrapa au vol et la prit dans ses bras.

— Ma mère, dit Dan en tendant l'une des valises à Graham. Au cas où tu aurais encore un doute. Elle était ravie quand Benn et moi avons adopté Lacey. Je crois qu'elle pensait que je n'aurais jamais d'enfants. Lacey l'adore, elle aussi. Maman, s'exclama-t-il, alors que lui et Graham s'approchaient, voici Graham Swann. Graham, ma mère, Jane Parker.

— Je vous proposerais bien de vous serrer la main, dit Graham en tentant de masquer son malaise, mais elles ont l'air toutes les deux occupées.

— Lacey, je vais te reposer une seconde. Je dois souhaiter la bienvenue à ces deux jeunes hommes, l'informa Mme Parker.

Lacey sauta sur le porche, et Jane sourit à Graham avant de le serrer dans ses bras.

— Aucune poignée de main n'est assez bonne pour un ami de mon fils.

Le nasillement familier rendit Graham momentanément nostalgique.

— Ravi de vous rencontrer, madame Parker, répondit-il.

— S'il vous plaît, appelez-moi Jane ou madame Jane, selon votre préférence, dit-elle avant de le relâcher.

Elle recula et le dévisagea de haut en bas, puis fit un clin d'œil à Dan et dit :

— Tu as un don pour les choisir.

— Merci, je suppose, dit Graham.

— Content de te voir, maman.

Les joues de Dan étaient rouge écarlate.

Elle serra son fils dans ses bras et fit un clin d'œil à Graham.

— J'adore le taquiner.

Graham éclata de rire.

— Te voilà dans le pétrin, le taquina-t-il. Je connais ton secret, maintenant. Tu es un fils à maman.

— Je suis sûr que tu as deux ou trois secrets toi-même qui n'attendent que d'être découverts.

C'était malheureusement un peu trop proche de la vérité pour son propre bien. Graham chassa cette pensée de son esprit. Quelle différence cela ferait-il maintenant ?

— Lacey, reprit la mère de Dan. Tu m'aideras à préparer le dîner de ce soir ?

Lacey hocha la tête, s'élança dans la maison et rentra presque en collision avec le père de Dan, que Graham avait reconnu être celui qu'il avait aperçu à la ligne d'arrivée du triathlon, quelques mois auparavant.

— Grand-père ! cria-t-elle joyeusement.

Il lui frotta le haut de la tête, et elle commença à babiller sur le dîner qu'elle allait aider à préparer.

— Papa.

Dan enlaça son père.

— Je te présente Graham Swann. Graham, voici mon père, Bill Parker.

— Ravi de vous rencontrer, monsieur Parker.

Graham lui tendit la main, et il la serra.

— J'ai entendu dire que vous aviez concouru lors de la dernière compétition, entama immédiatement Bill.

— En effet. Votre fils et moi avons passé une partie de la course ensemble.

Graham sourit à ce souvenir.

— Il m'aurait dépassé sans problème s'il ne s'était pas arrêté pour aider une coureuse qui s'était blessée.

Bill sourit d'un air entendu.

— C'est mon Danny tout craché. Toujours à vouloir aider, et ne pensant jamais à lui-même.

— Papa.

Dan secoua la tête.

— N'écoute pas ce qu'il raconte.

— Je vous ai mis tous les deux dans l'ancienne chambre de Danny, dit Jane. Lacey a sa propre chambre, n'est-ce pas ?

— Mamie et moi, on l'a décorée ensemble, déclara fièrement Lacey. Dans ma couleur préférée.

— Elle est toute violette, confirma Dan. Avec beaucoup d'animaux en peluche, et les rideaux vont de pair avec les draps. Ma mère les coud elle-même.

— Il faudra que tu me la fasses visiter, proposa Graham.

— Plus tard, intervint la mère de Dan. Pour l'instant, on va laisser Graham et ton papa se reposer un peu. Je suis sûre que vous êtes tous fatigués après la route.

— Avez-vous besoin d'aide pour le dîner ? demanda Graham.

— Lacey est là. Installez-vous tous les deux. Plus tard, vous pourrez nous apporter du bois pour que nous puissions allumer un feu.

Jane jeta un coup d'œil à Bill.

— Bill s'est fait mal au dos et il a l'interdiction de porter les bûches à l'intérieur.

Le père de Dan leva les yeux au ciel, mais il sourit et prit la parole :

— Si jamais vous vous demandez qui est le patron dans cette maison, n'allez pas chercher plus loin.

Jane secoua la tête et fit un signe dédaigneux.

— Viens, Lacey. Nous avons de la cuisine à faire.

Dan conduisit Graham dans une petite chambre au fond de la maison.

— C'était la mienne, annonça-t-il. Mais je doute qu'on puisse la confondre avec celle de qui que ce soit d'autre.

Une longue étagère remplie de trophées et de récompenses bordait les murs à environ trente centimètres du plafond.

— Impressionnant.

Dan haussa les épaules.

— Ils l'ont rajoutée *après* que j'ai quitté la maison. Je suis juste content qu'ils ne se soient pas retrouvés exposés dans le salon.

— Ils sont probablement très fiers de ce que tu as accompli. Est-ce que ça te blesse de les revoir ?

— Je ne sais pas trop. Un peu, je suppose. J'aimais bien jouer. Aujourd'hui, quand je les revois, je me rappelle du bon comme du mauvais. Ça me paraît loin tout ça, comme si c'était quelque chose que j'avais réussi à dépasser, comme si à l'époque, j'étais dans une coquille qui était trop petite pour moi. C'est presque surréaliste.

— Et pourquoi y a-t-il deux lits simples ici ?

— Ils ont acheté l'autre quand j'ai ramené Benn à la maison la toute première fois.

Dan secoua la tête et s'assit sur l'un d'eux.

— Je pense que ç'aurait été pareil si j'avais ramené une femme avec qui je n'étais pas encore marié. Ils sont assez traditionnels sur le sujet.

Graham s'assit à côté de Dan et couvrit sa main de la sienne.

— Merci, dit Dan après un long silence.

— Pour quoi ?

— De me comprendre. De m'écouter.

Dan se pencha et l'embrassa.

Graham soupira.

— Quand tu fais ça, j'ai du mal à penser, tu sais.

— Ça me va.

Dan l'embrassa à nouveau, cette fois en le poussant sur le lit.

— Est-ce que tu es sûr ? lui demanda Graham alors que leurs lèvres se détachaient.

— Tu veux dire partager une chambre ? Ou t'embrasser ?

Graham pouffa.

— Les deux, je suppose.

— C'est ma mère qui nous a assigné cette chambre, fit remarquer Dan. Mes parents sont probablement encore un peu mal à l'aise avec l'idée. Réaliser que ton enfant a des relations sexuelles, c'est un peu comme si l'enfant réalisait que ses parents en avaient, eux aussi.

— Je vois.

Graham tira Dan contre lui.

— Ce que moi je crois, c'est que nous avons besoin d'un peu plus d'entraînement.

— Vraiment ?

Dan passa ses doigts dans les cheveux de Graham, et ce dernier ferma les yeux, un soupir passant ses lèvres.

— Absolument.

Dan chevaucha les cuisses de Graham et commença à déboutonner sa chemise.

— Comme ça ?

— Tu t'améliores.

Graham rouvrit les yeux et lui sourit.

— Mais je pense toujours que tu as besoin de plus de pratique.

Dan passa son pouce sur les lèvres de Graham.

— Lacey, où es-tu, ma chérie? appela la mère de Dan depuis le couloir.

Graham haussa un sourcil.

— Tu es sûr que ça te va?

Dan sourit d'un air penaud.

— D'accord. Peut-être que ce n'est pas vraiment le moment pour… mettre en pratique mes acquis.

Il glissa des bras de Graham et s'assit, le dos contre le mur.

Graham se redressa à son tour et appuya sa tête sur l'épaule de Dan.

— J'imaginais faire ce genre de choses dans ma chambre.

Il soupira et se détendit lorsque Dan enroula ses bras autour de lui. Il se sentait si bien comme ça. Exactement comme il avait, autrefois, imaginé ce à quoi être dans une relation pouvait ressembler. Agréable. Réconfortant. Intime.

— Moi aussi.

Dan observa les trophées.

— Une fois, quand mes parents étaient partis pour la journée, j'ai ramené une fille ici. Je pense que c'était en deuxième année. J'avais peut-être dix-sept ans.

— Et?

Graham tapa le bras de Dan et sourit.

— Et rien.

Dan soupira.

— Nous étions dans le salon, en train de regarder un film ringard sur Lifetime, et nous avons commencé à nous embrasser. Je me suis mis à la toucher, et c'est là que j'ai réalisé que ses seins tout spongieux étaient tout *sauf* excitants. Ce n'était pas vraiment une surprise. Je n'avais jamais pensé à une fille de cette façon. Quand je me branlais, c'était plutôt Mark Wahlberg que j'avais en tête.

— *La Planète des singes.*

— Tu l'as vu?

Dan se mit à rire.

— Je ne devrais probablement pas admettre que je suis un vrai geek.

— Tu n'as pas l'air du genre geek.

Graham haussa les épaules.

— Toi non plus. Tu es plutôt le gars populaire, star du football…

— Comment sais-tu que j'étais populaire ?

— Je… l'ai juste deviné, comme ça. La plupart des quarterbacks le sont.

Quelles conneries ! Les choses se passaient si bien avec Dan. Il se laissait distraire trop facilement.

Pourquoi ne pas lui dire ?

Quel était le pire qui pourrait arriver ?

Passer Thanksgiving tout seul dans un hôtel pas cher après qu'il t'aura attrapé par la peau du cou et qu'il t'aura mis à la porte.

Bon peut-être n'était-ce pas le meilleur moment pour lui dire la vérité. Et puis, Dan se confessait, c'était à lui que revenait la parole pour le moment.

— J'ai toujours eu peur que quelqu'un apprenne pour moi, avoua Dan. Ma première fois avec un homme, c'était lors de ma première année à l'université, dans un bar deux villes plus loin. Derrière une benne à ordure. J'étais stupide. Il m'avait promis qu'il utiliserait une protection, mais il ne l'a pas fait. J'ai eu de la chance cette fois-là. Pendant un moment, j'ai vraiment cru que j'allais mourir.

Graham glissa un bras autour des épaules de Dan. Il avait l'air tout à coup tout petit, tel l'enfant du lycée dont Graham se souvenait. Quelque chose s'agita dans sa poitrine, comme la pulsion d'un battement de cœur, mais la sensation se répandit dans ses bras, les réchauffant au point d'en avoir mal. Son propre passé s'attardait à la périphérie de ses pensées. Le lycée avait été une période horrible pour lui. Mais malgré cela, il n'avait jamais caché qui il était.

Pour la première fois, Graham avait vraiment envie de parler du passé à Dan.

— Je suis désolé que ça se soit passé comme ça, fut tout ce qu'il dit.

— C'était il y a longtemps, répliqua Dan en souriant.

— Papa !

Dan se leva et ouvrit la porte pendant que Graham reboutonnait sa chemise. Lacey courut à l'intérieur et sauta sur le lit. Elle avait un livre à la main.

— Lisez-moi une histoire.

— Lacey, dit Graham en jetant un coup d'œil complice à Dan. Tu n'oublierais pas quelque chose ?

— S'il vous plaîîît ?

Elle fit son fameux sourire, celui que Dan appelait affectueusement le sourire « je suis mignonne et je peux faire ce que je veux ».

— C'est d'accord.

Graham ouvrit le livre.

— Je vais voir si ma mère a besoin d'aide.

Dan s'arrêta dans l'embrasure de la porte, puis se retourna et dit :

— Merci. De m'avoir écouté.

Pourquoi était-ce si bon d'entendre ces mots ?

— C'est quand tu veux.

Lacey tira sur la manche de Graham.

— Monsieur Graham, monsieur Graham, scanda-t-elle en désignant le livre.

— Lacey… commença Dan.

— Je sais, dit-elle. S'il te plaît.

Dan hocha la tête et fit un clin d'œil à Graham.

— Tu vois quand tu veux.

Graham se concentra une fois de plus sur le livre, ou plutôt il essaya de se concentrer. Un petit quelque chose à l'intérieur ne cessait de remettre en lumière ce sentiment dans sa poitrine, de chaleur et de contentement.

Chapitre Vingt-Six

— **NOUS** te remercions, Seigneur, pour ce repas de Thanksgiving, dit Jane alors qu'ils inclinaient la tête. Pour nous avoir tous réunis en ce lieu et pour continuer de veiller sur nous. Merci pour le don qu'est la famille. Pour Lacey et Dan, et pour Graham. Puissent-ils trouver le bonheur et la santé, et continuer de vivre ensemble sous votre protection. Amen.

— On peut manger ? s'exclama Lacey.

— Certainement.

Jane se leva et fit un signe vers le comptoir.

— On fait ça comme à la cafétéria, Graham. Si tu as envie de quelque chose, tu peux te servir.

— C'est parfait pour moi, répondit Graham. Peux-tu me montrer ce qu'il y a de bon à manger, Lacey ?

Lacey hocha la tête et conduisit Graham vers la nourriture.

— Ça, c'est de la dinde, dit-elle en désignant l'immense plateau rempli de viande. Là, ce sont des canneberges. Des patates douces. J'y ai mis des guimauves. On a des haricots verts. Et là, des brioches à la cannelle toutes collantes.

Elle sourit.

— J'ai aidé mamie à les rouler.

— Tout ça m'a l'air excellent.

Graham sourit à Jane, qui rayonnait.

— Ta grand-mère et toi, vous avez fait un travail formidable.

— Merci.

Jane tapota la tête de Lacey.

— Elle a été d'une grande aide.

— Alors, Graham, dit Bill pendant qu'ils mangeaient. Dan m'a dit que tu avais une maison pas loin d'ici.

— Près de la nationale, confirma Graham.

— C'est une sorte de chalet, c'est ça ? demanda Jane.

— Oui. Je cherchais quelque chose d'assez petit. Un endroit que je pouvais retaper, expliqua Graham.

— Et c'était ce à quoi tu t'attendais ? demanda Dan. Tu as pu installer la plomberie et démolir les latrines ?

— Pas exactement.

Graham se sentit soudain mal à l'aise.

— C'est un peu, ah, plus récent que prévu.

— C'est quoi des latrines ? demanda Lacey.

— Ce sont des toilettes, expliqua Dan. Mais ils se trouvent à l'extérieur de la maison, et c'est généralement un petit bâtiment au-dessus d'un grand trou.

Lacey fit la grimace.

— Beurk.

Graham éclata de rire.

— Je suis tout à fait d'accord avec toi sur ce point, Lacey.

— Alors, il y a l'air conditionné ?

À en juger par son rictus, Dan avait clairement compris que le chalet était loin d'être une cabine dans les bois.

— Oui.

— Ça a l'air charmant, s'exclama Jane. Je harcèle Bill depuis des années pour qu'il nous installe la climatisation.

Bill fronça les sourcils.

— Janie, nous avons eu cette discussion un million de fois. Cela n'en vaut pas la peine si ce n'est pour les dix jours par an où il fait un peu trop chaud.

— Ton père est toujours aussi têtu.

Bill renifla et continua à manger, mais Graham eut la nette impression que la dispute était plus amicale qu'autre chose.

— Dan m'a dit que vous aimiez pêcher, Bill, dit Graham.

— J'adore pêcher. Mais je n'attrape pas grand-chose, en général. Depuis qu'ils ont fermé le moulin à papier qui ne se trouvait pas très loin, il n'y a plus autant de poissons ici.

— Vous pouvez vous servir du chalet quand vous le souhaitez. La pêche est excellente là-haut. Il y a surtout de la truite et quelques crapets.

Graham jeta un coup d'œil à Jane et ajouta :

— Et vous apprécieriez probablement le bain à remous.

— En effet, je suis sûre que je l'apprécierais, dit Jane en haussant un sourcil en direction de son mari.

— J'ai quelqu'un qui s'occupe de passer sur la propriété de temps en temps, expliqua Graham. Je vais vous laisser ses coordonnées.

— Je peux venir aussi ? demanda Lacey.

— Lacey, dit Dan en levant un mouchoir en papier, ton nez coule. Souffle un coup ?

Lacey fit une grimace, puis obéit.

— Moi aussi, je veux venir.

— Je ne vois pas pourquoi tu ne pourrais pas, dit Graham. Il y a de la place pour six personnes, si quelqu'un dort sur le canapé.

— Peut-être pourrions-nous tous y aller un jour, ajouta Dan gaiement. Ce serait comme des vacances en famille.

— Tu me vends du rêve, s'exclama Jane. Qui a encore faim ?

— Des brioches qui collent ! cria Lacey.

Jane regarda Dan, qui hocha la tête.

— Viens ici et choisis-en une, dit Jane.

— Celle-là.

Lacey désigna la plus grosse d'entre toutes.

— Elle ne pourra pas la finir, murmura Dan à Graham. Tant pis.

PLUS tard, Graham gisait, la tête posée sur le torse de Dan. Le soleil s'était déjà couché.

— Je n'arrive pas à croire qu'il ne soit que dix-huit heures, bâilla Graham.

— La famille Parker fait toujours la sieste après un gros repas.

Dan pouffa, puis ajouta :

— Et vers vingt heures, nous nous retrouvons pour la première tournée de restes.

— Vers vingt heures ? Tu plaisantes, j'espère ?

— Pas le moins du monde.

Il tira Graham contre lui.

— Je ne peux plus avaler une seule autre bouchée ce soir. J'exploserais si j'essayais.

— La plupart du temps, nous terminons le reste du vin. Enfin, Lacey voudra certainement reprendre de ces brioches qui collent. Elle est assez prévisible. Au moins, elles ne la rendent pas malade comme la barbe à papa et les hot-dogs.

Graham soupira.

— Un mélange des plus malheureux.

— En effet.

Dan lui embrassa la tête.

— Finalement, j'aime bien les lits une place.

Dan le regarda avec incrédulité.

— Ah oui ?

— Je n'ai pas besoin d'excuse pour envahir ton espace.

— Comme si tu avais besoin d'une excuse.

Dan sourit.

— Est-ce que ça veut dire que tu t'amuses bien ?

— Tes parents sont super. Je ne pensais pas que ça m'avait tant manqué que ça d'avoir de la famille avec qui passer Thanksgiving. Terri m'invite généralement chez ses parents en Virginie, mais je fais toujours en sorte de refuser.

— Pourquoi ne suis-je pas surpris ?

Graham haussa les épaules.

— Je n'aime pas rencontrer de nouvelles personnes.

— Lacey m'a dit ça, en effet.

Les joues de Graham rougirent.

— Si j'avais su que c'était ta fille…

— Je l'aurais compris sans son aide, tu sais.

Dan embrassa la joue de Graham.

— Ton air je-suis-cool-et-je-me-fiche-du-reste n'aurait pas tenu très longtemps.

— C'est comme ça que tu me voyais ?

— À peu près.

Graham secoua la tête et soupira.

— Ce n'était pas mon intention. C'est juste plus facile, parfois.

— Ce sont des conneries, oui.

— Tu pousses un peu ta chance, là, non ?

Dan l'embrassa à nouveau.

— Je dis juste ce que je pense. Éviter les gens ne te rend pas la vie plus facile à long terme.

— Peut-être pas.

Après tout, Graham s'était attendu à ce qu'il regrette de s'être impliqué si profondément avec Dan et Lacey.

— Tu es têtu, tu sais.

— Plutôt, oui.

Graham ferma les yeux.

— Je dors déjà à moitié.

— J'avais plus ou moins compris ça aussi.

Graham s'endormit avec un sourire au visage.

— Qu'est-ce que tu fais là-bas ? cria quelqu'un depuis une fenêtre ouverte au quatrième étage de l'école.

Graham ne pouvait pas distinguer son visage, mais il reconnut immédiatement la voix en question.

— Dan ?

— Je t'attendais. Monte à l'étage.

Graham se dirigea vers les portes principales et entra à l'intérieur du bâtiment. C'était comme dans ses souvenirs : des murs blanc cassé avec une teinte verdâtre, des casiers autrefois peints dans des couleurs pastel, maintenant écaillés et décolorés. Il n'y avait personne à l'intérieur.

— Dan ?

Personne ne lui répondit. Il monta les escaliers. Il fallait juste qu'il trouve Dan et ensuite, ils sortiraient d'ici.

— Dan ? C'est Graham. Et si on retournait chez tes parents ? Je parie que Lacey nous attend...

— Salut, Zebbie.

Graham se retourna pour voir un groupe de joueurs de football debout en haut des escaliers, lui bloquant le chemin.

— Je ne sais pas de qui vous parlez.

— Tu penses vraiment que nous ne savons pas pour toi ? gronda Van en descendant d'une marche.

— Il pense que nous ne savons pas qui il est, railla un autre.

Des rires résonnaient dans la cage d'escalier.

— On te connaît bien, Zebbie. Tu penses pouvoir prétendre être quelqu'un d'autre, mais nous connaissons la vérité. Tu es toujours cette petite merde, au fond. Et tu es un menteur.

— Tu mens, Zebbie, dit Mark. Tu lui mens et tu te mens à toi-même. C'est qu'il croit vraiment que personne ne le remarque.

Plusieurs joueurs descendirent d'une autre marche.

Graham regarda autour de lui, prêt à disparaître dans la cage d'escalier, mais ils se retrouvèrent soudainement sur le toit du bâtiment, et ses pieds étaient à quelques centimètres du bord.

— Il l'a remarqué, railla Van. Et lui aussi pense que tu n'es rien d'autre qu'une petite merde. Il te fait marcher. Quand il découvrira qui tu es, il te laissera tomber en se moquant.

Les garçons rirent et se rapprochèrent. Graham recula, ses talons claquant contre le petit rebord du bâtiment. Il fallait qu'il s'en aille. Il n'arrivait plus à respirer.

— S'il vous plaît, vous vous attaquez à la mauvaise personne. Ce n'est pas moi, ce n'est pas...

Mark lui asséna un coup brutal au niveau du torse, et il lutta pour maintenir son équilibre, en vain. Au lieu du béton de la toiture, il n'y avait que de l'air.

Il tomba...

— Non ! cria Graham.

— Graham ? Est-ce que tout va bien ?

Dan le regarda à travers la pénombre.

— Je... Oui. Zut, je suis désolé de t'avoir réveillé. Ça devait être un cauchemar.

Dan sortit du lit et se faufila dans la salle de bains. Il revint un instant plus tard avec un verre d'eau.

— Ma mère me donnait toujours de l'eau quand je faisais un mauvais rêve, raconta-t-il en le tendant à Graham. Elle dit que ça aide à faire fuir les ombres.

— Merci.

Gêné, son visage s'empourpra. Juste au moment où il pensait qu'il s'en était plutôt bien sorti avec son retour dans son ancienne ville natale, il s'était complètement ridiculisé.

— Tu vas mieux ? demanda Dan, quelques minutes plus tard.

— Oui, répondit Graham.

Du moins, il irait mieux une fois qu'ils auraient quitté cet endroit.

— Je suis presque sûr d'avoir trop mangé.

Dan tapota son lit.

— Tu reviens ?

— Si tu demandes si gentiment, alors.

Graham se glissa à côté de Dan. Ils étaient un peu à l'étroit, mais c'était exactement ce dont Graham avait besoin, pour le moment.

— Lacey aime dormir avec moi lorsqu'elle fait un cauchemar, murmura Dan contre le dos de Graham alors qu'ils remontaient la couverture, quelques minutes plus tard.

— Ça ne me surprend pas.

Graham bâilla et ferma les yeux.

— Hum.

Il serra Graham dans ses bras.

— Et si on faisait tous les deux des mauvais rêves en même temps ? demanda Graham.

— Les enfants d'abord.

Graham éclata de rire.

— Ça craint d'être un adulte parfois. À d'autres…

Il ne voulait plus penser à ces tyrans qui l'avaient harcelé. Il voulait seulement penser à Dan et à quel point il se sentait bien en ce moment. Il ferma les yeux et essaya de se détendre, mais il lui fallut près d'une heure pour se rendormir. Et ses rêves cachaient toujours un voile obscur.

Chapitre Vingt-Sept

GRAHAM se réveilla avant l'aube ce vendredi matin-là. Dans le lit, à côté de lui, Dan dormait profondément. Ce n'était pas très étonnant de sa part, étant donné que Graham l'avait réveillé au beau milieu de la nuit. Son sommeil s'était fait très agité, mais heureusement, il n'avait plus réveillé Dan après ça.

Graham se glissa hors du lit et enfila des vêtements pour aller courir. Il faisait froid dehors, mais le vent contre son visage lui ferait du bien. Avec tout ce qu'il avait mangé, il lui fallut près d'un kilomètre avant de commencer à prendre le rythme et de se sentir mieux. Il continua de courir sans vraiment réfléchir à où ses pas le menaient, et quand il se retrouva devant son ancien lycée, il ne fut pas plus surpris que ça. Il avait voulu y retourner, au moins une fois, il avait *besoin* d'y retourner. À savoir pourquoi cela le titillait, il n'en était pas bien sûr.

Comme tout le reste, le bâtiment paraissait plus petit. Plus décrépit. Les hautes colonnes qui avaient été peintes en blanc étaient, à présent, d'un jaune fané et écaillé. Le père de Dan avait mentionné que le quartier envisageait de fermer le lycée en raison du faible taux d'inscriptions et de transférer les élèves restants vers l'école du comté voisin.

Graham longea le bâtiment sans perdre le rythme jusqu'au terrain de football. Des gradins en métal avaient remplacé ceux en bois. Il les escalada et s'assit au sommet. L'herbe immobile attendait le retour des joueurs. Les lignes peintes avaient, pour la plupart, disparu, mais ici et là, des traînées blanches s'effritant apparaissaient, presque comme de la neige.

Graham s'attendait à ressentir quelque chose. Mais alors qu'il regardait ce qu'il en était venu à considérer comme l'endroit où tout s'était effondré autour de lui – son Waterloo –, il ne ressentit rien. Cet endroit ne déclenchait chez lui aucun souvenir. C'était juste un endroit.

Il resta assis quelques minutes de plus, puis reprit la route. Sa montre chrono pointait à moins de trois kilomètres, un autre indicateur de la petite taille de cette commune. Au moment où il atteignit le complexe d'appartements à la périphérie de la ville, le soleil avait effacé la plupart des ombres.

Il suivit le chemin qu'il avait emprunté des centaines de fois lorsqu'il était enfant jusqu'au centre du complexe et du bâtiment quatre. Là, il leva les yeux vers le balcon du deuxième étage, sur lequel il s'était souvent assis, lisant un livre et rêvant d'ailleurs. Les bâtiments, contrairement à l'école, avaient été bien entretenus.

Une femme monta sur l'un des balcons et secoua un petit tapis. Graham pouvait imaginer sa mère faire de même. Leur T2 n'avait pas été bien grand, mais il avait toujours été très propre. Il se souvenait qu'il marchait sur la pointe des pieds pour ne pas réveiller sa mère, qui était endormie sur le canapé-lit du salon, lorsqu'il partait à l'école le matin. Son travail de nuit était épuisant, mais elle lui laissait toujours un mot et un déjeuner dans le réfrigérateur.

Ce seul souvenir suffit à lui faire monter les larmes aux yeux, un sourire aux lèvres. La vie avait été difficile avant qu'elle ne rencontre Bo Swann. Elle parlait souvent de Bo comme d'un prince charmant. Mais ce n'était pas l'argent de Bo qui lui avait importé. Il l'avait rendue heureuse et il l'avait traitée comme une vraie princesse. Il l'avait aimée de tout son cœur. Elle était décédée dans les six mois après la mort de son prince bien-aimé. Il s'était retrouvé dévasté et en colère à l'époque. Encore aujourd'hui, elle lui manquait, mais ses parents étaient de nouveau ensemble, comme ils le devaient, et c'était ça l'important.

Graham s'essuya les yeux, jeta un dernier coup d'œil à son ancien appartement, puis retourna en courant vers la maison de Dan. Il ne courait que depuis un bon kilomètre lorsque son téléphone portable sonna. Il le sortit de son support et tapota l'écran.

— Graham ?

— Bonjour toi.

Entendre la voix de Dan le fit sourire.

— Je me suis réveillé et tu n'étais plus là. J'étais inquiet.

— Désolé de t'avoir inquiété. Je suis allé courir et je me suis retrouvé un peu plus loin que prévu. Je suis sur le chemin du retour. Je serai là d'ici quinze minutes.

— Super. Et comme si le dîner d'hier soir n'avait pas suffi, tu vas avoir la chance de goûter au petit déjeuner spécial de ma mère.

Dan se mit à rire.

— J'aurais probablement dû aller courir moi aussi.

— On pourra y aller ensemble demain si tu veux. Avec mon application de course à pied, j'ai remarqué un sentier le long de la rivière qui s'étend sur environ seize kilomètres.

— C'est parfait, alors.

— On se voit bientôt.

Graham raccrocha et replaça son téléphone dans le brassard.

Très chère maman. Penses-tu que je puisse trouver le bonheur, comme tu l'as fait ?

La réponse lui vint en silence, d'une voix semblable à celle de sa mère.

— Le bonheur ne te trouve pas. C'est à toi de te *laisser* être heureux.

Chapitre Vingt-Huit

— **TU** passes la nuit ici ? demanda Dan après avoir déchargé la voiture.

Avec les nombreuses pauses pipi de Lacey résultant des trois grandes tasses de thé qu'elle avait englouties au dîner, le trajet qui se faisait normalement en quatre heures en avait pris près de sept.

— Je devrais rentrer à la maison, répondit Graham.

Il n'avait pas dit grand-chose sur le chemin du retour. C'était comme si plus ils s'éloignaient des montagnes, plus la tension montait en lui.

— C'est… comme tu veux. La journée a été longue.

Dan effleura le dos de la main de Graham avec la sienne. Il ne sembla pas s'en apercevoir, ramassant à la place plusieurs des jouets de Lacey et les plaçant dans le grand seau dans le salon.

— Papa, j'ai mal à l'oreille, se plaignit Lacey.

Son nez coulait toujours, et Dan décida qu'il l'emmènerait chez le médecin le lendemain matin. On lui avait dit que les enfants souffraient fréquemment d'otites vers quatre ans, mais jusqu'à présent, Lacey n'en avait pas encore eu.

— Tu t'en vas ? demanda Dan alors que Graham attrapait son sac dans le couloir du hall d'entrée.

— Je suis crevé.

Graham reposa le sac et serra Lacey dans ses bras.

— Tu viens dîner demain ? l'interrogea-t-elle.

— J'ai encore beaucoup de travail, dit Graham en se forçant à sourire. Peut-être plus tard dans la semaine.

— D'accord.

Lacey plissa le nez et renifla. Dan alla lui chercher un mouchoir propre. Quand il revint, Graham était déjà parti.

Dan poussa un soupir en essuyant le nez de Lacey. Une minute plus tard, Graham réapparut dans la maison, affichant un air contrit.

— As-tu vu mes clés ? demanda-t-il.

— Je les ai mises sur la console, répondit Dan. Tu te rappelles ? Tu les as fait tomber et…

— C'est vrai. Je vais éviter de les oublier cette fois-ci.

Graham ressortit avant que Dan ne puisse l'embrasser pour lui souhaiter bonne nuit.

Étrange.

Il n'avait jamais vu Graham égarer quoi que ce soit, mais avec les lunettes de soleil qu'il avait perdues ce matin-là – elles étaient restées sur sa tête – cela faisait déjà deux fois en une seule journée. Et s'en aller sans l'embrasser ?

Il doit être fatigué. Nous le sommes tous.

Lacey bâilla et se frotta à nouveau l'oreille.

— C'est l'heure d'aller au lit, bout de chou, dit Dan en la prenant dans ses bras.

Lorsqu'il atteignit sa chambre, les phares de la voiture de Graham éclairaient la rue en contrebas.

Dan mit Lacey dans son lit, puis descendit pour fermer à clé. Il était à peu près à la porte d'entrée lorsqu'il remarqua quelque chose sur la table d'entrée. Le portefeuille de Graham. Heureusement qu'il le verrait dès le lendemain matin.

Quarante-cinq minutes plus tard, après avoir sorti ses affaires de toilette et mis les vêtements dans le panier de linge sale, Dan s'écroula dans son lit. Il avait passé de super vacances. Graham et ses parents s'entendaient très bien.

Nous avons tout simplement besoin de passer une bonne nuit de sommeil, tenta-t-il de se convaincre.

UNE semaine passa, mais les choses avec Graham n'étaient toujours pas réglées. Et ça n'aidait pas vraiment qu'il ait dû rester à la maison pour s'occuper de Lacey, qui avait eu une légère fièvre malgré les antibiotiques que le médecin lui avait prescrits lorsque son infection de l'oreille n'avait pas guéri d'elle-même. Le week-end n'avait pas été beaucoup plus reposant, ayant inclus une visite nocturne aux Urgences du coin. Le lundi matin, cependant, Lacey était redevenue elle-même, et Dan put finalement se rendre au bureau. Il avait à peine vu Graham depuis qu'ils étaient revenus de leur sortie pour Thanksgiving, à l'exception de la fois où il était passé en coup de vent pour déposer un nouveau livre de coloriage pour Lacey, ces derniers jours.

— Nous pourrions aller courir demain soir, proposa Dan alors qu'ils travaillaient sur un gros dossier pour une affaire qui commençait à partir sur de l'arbitrage pur et dur.

Graham grogna en réponse.

Dan leva les yeux des documents qu'il examinait et trouva Graham occupé à regarder par la fenêtre.

— Quelque chose te tracasse ? lui demanda-t-il.

— Pourquoi dis-tu ça ?

Les épaules de Graham se tendirent.

— Tu as l'air un peu préoccupé, c'est tout.

Graham haussa les épaules.

— J'essaie juste de me vider la tête. Ce n'est pas facile de se concentrer sur le travail quand on a trop mangé.

Dan ne crut pas une seconde que cela soit la vraie raison de ses absences. Une heure auparavant, lorsqu'il avait interrogé Graham sur une déposition dont ils avaient discuté avant Thanksgiving, Graham avait regardé Dan comme s'il parlait une langue étrangère. Sa façon de se comporter commençait à l'inquiéter. Il se creusa la tête pour essayer de deviner ce qui avait pu provoquer un tel changement, mais rien ne lui vint. Graham ne s'était pas complètement retiré dans sa forteresse, mais il ne s'était pas encore ouvert à lui non plus.

On y va lentement, mais sûrement, c'est comme ça qu'on gagne une course. Donne-lui de l'espace, et peut-être qu'il s'ouvrira sur le sujet en question.

— Tu es toujours d'accord pour rencontrer ce nouveau client potentiel dont je t'ai parlé ? demanda Dan en rassemblant sa part de documents.

— Un nouveau client ?

Dan fronça les sourcils. Il avait parlé à Graham d'un nouveau cas éventuel, dès le lundi qui avait suivi leur retour de chez ses parents.

— Une affaire de présomption de représailles.

— Ah oui. Ça me revient, maintenant. À quelle heure est-elle censée arriver ?

— Il, le corrigea Dan.

Graham ne l'avait visiblement pas écouté lorsqu'il lui avait expliqué l'affaire, ou alors, c'était qu'il avait complètement oublié.

— Exact. Il. Désolé pour ça.

De la patience.

— Il sera là à onze heures. Je me disais que nous pourrions faire ça dans la petite salle de réunion.

Graham hocha la tête.

— Ça me convient. J'ai un appel à passer avant ça. Fais-moi savoir lorsqu'il sera arrivé, et je viendrai vous rejoindre ensuite.

— **PHIL** CHARLES, voici Graham Swann. Graham, voici Phil, le client potentiel dont je t'ai parlé, expliqua Dan.

— Ravi de vous rencontrer, dit Graham en serrant la main de Phil.

Phil croisa son regard avec confiance. Il devait être dans la quarantaine. Il avait récemment été licencié d'une grande entreprise qui faisait des logiciels.

— Merci d'avoir pris le temps de me recevoir. Dan m'a expliqué que c'était à vous de décider si mon cas sera pris en charge par le cabinet ou non. Sachant cela, j'apprécie que nous ayons pu nous rencontrer.

— Je vous en prie, répondit Graham en désignant la table, asseyez-vous. Voulez-vous boire quelque chose ? Nous avons du café, des sodas ou de l'eau si vous le souhaitez.

— J… juste de l'eau, je vous prie.

Graham fouilla dans le petit réfrigérateur près de la porte et récupéra une bouteille.

— Voilà.

— Merci.

Phil s'assit et ouvrit la bouteille, puis but une longue gorgée.

— Désolé. Je dois être un peu nerveux.

— Ce n'est pas grave, le rassura Dan. Prenez votre temps.

Graham et lui étaient assis face à Phil.

Phil hocha la tête.

— D'accord. Tout d'abord, je suppose que je devrais vous dire que j'ai choisi votre cabinet, car l'un de mes amis, Larry Gaines, m'a dit que vous aviez travaillé avec lui et que vous, euh, pourriez être plus à même de vous occuper de quelqu'un comme moi.

— Comme vous ? Que voulez-vous dire par là ? l'interrogea Graham.

— Je suis gay.

— Je vois.

Graham lui offrit ce qu'il espérait être un sourire rassurant.

— Ce ne sera pas un problème ?

— Pas du tout.

Graham s'empara d'un carnet et commença à prendre des notes.

Phil eut l'air soulagé.

— Excellent ! Je dois vous dire, néanmoins, que mon cas est… fortement lié à ce détail ; du moins, c'est ce que je pense.

— Je vous en prie, dites-nous tout ce qu'il y a à savoir.

Graham s'adossa à sa chaise. Ils avaient pris quelques cas de discrimination au fil des ans, mais ces derniers temps, ils en avaient eu un nombre anormalement élevé, probablement à cause de tous les problèmes engendrés par la loi House Bill 2, le soi-disant « projet de loi des toilettes ». [1]

— Je… je travaille à Landric depuis… Cela doit bien faire une quinzaine d'années.

Phil s'agita sur son siège.

— Étant diplômé d'État, je pensais que c'était un endroit comme un autre où travailler. Il y a de très bons avantages à bosser là-bas, vous savez. Il y a même une garderie sur le campus. Je… nous, mon mari et moi, avons deux enfants.

— Quel âge ont vos enfants ? demanda Graham.

1 La loi dite HB2 est une loi votée par l'État américain de Caroline du Nord en mars 2016, qui interdit l'usage par les personnes transgenres des toilettes destinées au genre auquel ils s'identifient. Cette loi discriminant l'accès aux w.c. par le genre impacte également les personnes homosexuelles.

— R… Rory a cinq ans et Marcie… elle a sept ans. Nous les avons eues par mère porteuse… Et nous les avons adoptées à leur naissance.

Phil sembla se rendre compte qu'il avait omis une information importante, car il ajouta :

— L… le nom de mon mari est Tom. Tom Landers. Nous nous sommes mariés juste après que la loi a été passée en Caroline du Nord. Au printemps dernier…

Phil fronça les sourcils, et son regard s'embua.

— On a appris à Tom qu'il était atteint d'un cancer.

— Je suis désolé d'entendre ça. Comment se porte-t-il ? demanda Graham.

— La chimio l'a rendu un peu malade, mais son pronostic est bon.

Phil leur adressa un sourire nerveux.

Graham hocha la tête.

— C'est bon à entendre. Et vous êtes ici à cause de lui, n'est-ce pas ?

— C'est ça. Je veux dire, oui, exactement.

Phil poussa un soupir entre ses lèvres pincées.

— La politique de l'entreprise dit qu'une fois que nous avons atteint dix ans de service dans l'entreprise, nous bénéficions de quatre semaines de congés payés pour nous occuper de notre famille si l'un de nos proches tombe malade. C'est ce que nous pouvons demander avant de nous en remettre à un congé maladie. Pour être honnête, quand c'est arrivé, j'ai été plutôt surpris. Tom et moi sommes légalement mariés. Nous sommes ensemble depuis presque quinze ans. Mais quand je suis allé voir le RH pour remplir les papiers afin que je puisse être avec lui pendant la chimio, ils m'ont carrément dit que les partenaires de même sexe n'étaient pas inclus, car ils ne définissaient pas un tel couple comme une famille. Sur le coup, je ne savais pas quoi dire. Je lui ai rappelé que Tom était mon *mari*, mais ça n'a eu aucun impact. Tom et moi en avons parlé. Nous savions que si j'insistais trop, je pourrais perdre mon emploi. Mais nous avons quelques économies, et il gagne bien sa vie. Je suis retourné voir le RH, et quand on m'a répété ce qui m'avait déjà été dit, je suis monté voir la direction. Deux semaines se sont écoulées sans que je ne reçoive aucune nouvelle d'eux.

Phil prit sa bouteille d'eau et avala le reste.

— Tout va bien ? demanda Dan.

Phil hocha la tête.

— Je… je suis encore furieux. Je suis là, à m'inquiéter de perdre mon mari dans les semaines à venir, et je dois, *en plus* de ça, me battre pour quelque chose qui m'avait été promis.

— Avez-vous apporté une copie du règlement de l'entreprise ? demanda Dan.

— Oui.

Phil sortit quelques papiers de sa pochette et les tendit à Dan d'une main tremblante.

— Merci. Ça nous sera très utile.

Dan déposa les documents devant Graham. Il les lirait plus tard.

Phil sembla se détendre quelque peu.

— Que s'est-il passé après que les deux semaines se sont écoulées ? demanda Graham.

— Ah. J'ai pris rendez-vous avec mon supérieur et son patron, raconta Phil. Je leur ai rappelé que la chimio de Tom était censée commencer cette semaine-là et que j'avais vraiment besoin d'une réponse. J'étais tellement énervé à ce moment-là. Je leur ai dit que s'ils ne me répondaient pas d'ici la fin de la semaine, j'irais voir les médias.

— L'avez-vous fait ? demanda Graham.

Phil soupira.

— Non. Tom m'a convaincu que ça ne nous aiderait pas. C'était la colère qui parlait. Mais ensuite, j'ai appris que j'étais licencié. Ils ont fait passer ça pour une réduction des effectifs, mais ça n'a aucun sens. Je suis le manager de l'une des équipes les plus actives de l'entreprise. Ils m'ont demandé de signer quelque chose en échange d'une indemnité de trois mois. J'ai refusé.

— Malin.

Graham n'avait que trop souvent vu disparaître de solides réclamations dans le cadre d'une indemnité de départ. Les entreprises savaient que les gens étaient dos au mur, effrayés par ce qui pourrait leur arriver s'ils ne parvenaient pas à joindre les deux bouts. Ils étaient des cibles faciles.

— Quand j'ai parlé avec Dan – je veux dire, avec M. Parker – au téléphone, poursuivit Phil, il a mentionné que ces… vous savez, les cas comme le mien… sont les genres de cas que les entreprises veulent à tout prix régler en interne, car aller devant les tribunaux peut vraiment leur faire du mal… Du point de vue de la presse, je présume.

— C'est souvent le cas, admit Graham. Qu'attendez-vous de nous, au juste ?

— Je ne veux pas récupérer mon travail. J'y ai pensé et je ne veux plus travailler pour des gens comme ça. J'ai quelques pistes pour trouver un nouvel emploi, grâce à certains de mes contacts dans l'industrie. J'aimerais juste que la nouvelle soit de notoriété publique. Je ne voudrais pas que quelqu'un d'autre subisse le même sort que moi. Si j'y gagne financièrement, tant mieux. Mais ce n'est pas… ce n'est pas une question d'argent.

— Merci de nous avoir raconté votre histoire, déclara Graham. Je sais que cela doit être difficile.

— Allez-vous m'aider ? leur demanda Phil.

— Dan et moi allons en discuter, et nous déciderons ensemble si notre cabinet est le plus à même de vous venir en aide.

Graham ne s'engageait jamais sur une affaire sans y avoir réfléchi et avoir fait ses propres recherches au préalable.

— Oh. Je comprends.

Phil avait l'air quelque peu abattu, mais il se ragaillardit quand Graham lui dit finalement :

— Nous vous recontacterons en début de semaine prochaine pour vous faire part de notre décision. Mais si vous avez des questions entre-temps, n'hésitez pas à m'appeler ou à appeler Dan.

— Merci. C'est gentil de votre part.

— Je vais vous raccompagner.

Dan pointa le règlement.

— Pouvons-nous le garder ou avez-vous besoin que nous en fassions une copie ?

— Vous pouvez le garder. J'ai, en ma possession, l'original et quelques copies.

Phil se leva.

— Merci encore d'avoir accepté de me rencontrer.

— Merci à vous d'être venu.

Graham serra la main de Phil, et Dan le fit sortir de la pièce.

Graham récupéra le règlement et le feuilleta en attendant le retour de Dan. Le cas de Phil était assez simple. Rien qu'ils ne puissent gérer. Il tourna les pages de son carnet et écrivit le mot *DÉCISION* en haut de la première page.

Chapitre Vingt-Neuf

— **QU'EN** PENSES-TU ? demanda Dan en rentrant dans le bureau de Graham.

— La rupture de contrat est plutôt évidente, nota Graham en griffonnant quelque chose sur son bloc-notes. Le règlement est assez clair sur ce point. Après dix ans dans l'entreprise, ils offrent bien quatre semaines de congés payés avant que les congés maladie n'entrent en jeu. Ils ont rejeté sa demande et l'ont licencié lorsqu'il a insisté sur la question.

Il se mit à en rire.

— Connaissant ton éloquence, je leur donne environ un mois avant qu'ils ne lui fassent une offre similaire.

— Et c'est tout ?

Dan ne devrait pas être surpris de la réponse de Graham. La réclamation au titre du contrat était la manière la plus sûre d'arriver à leurs fins, bien sûr. Mais Phil voulait clairement qu'ils poursuivent l'angle de la discrimination.

Graham leva les yeux et fronça les sourcils.

— Je ne te suis pas.

— Nous savons tous les deux pourquoi ils l'ont viré.

— Et ?

Dan souffla, en proie à une vague de frustration.

— C'est un cas parfait.

— Une affaire parfaite à régler. Nous n'avons pas besoin de tenter le sort pour remporter cette victoire, cette fois-ci.

Graham ouvrit l'un des tiroirs de son bureau et déposa ses notes à l'intérieur. Il en avait fini avec cette discussion.

Dan, lui, voyait les choses autrement.

— Nous ne recevrons pas d'autres cas aussi explicites avant plusieurs années. Et d'ici là…

— D'ici là, la loi aura changé, et nous n'aurons plus qu'à faire notre travail.

Comment Graham pouvait-il agir de manière aussi calme et exaspérante sur ce sujet ?

— Écoute, je sais aussi bien que toi que la loi en Caroline du Nord est encore loin de changer sur le sujet, surtout depuis l'abrogation de HB2. Mais c'est le moment idéal pour faire changer les choses. Créer un précédent pour une réforme au lieu de rester les bras croisés, à attendre que l'État se décide à se bouger et à leur rappeler que nous sommes au xxie siècle.

Graham soupira.

— Ce n'est pas dans l'intérêt de notre client.

— Parfois, l'intérêt général implique de prendre des risques, rétorqua Dan d'un ton plus élevé qu'il ne l'aurait souhaité.

— Dan, tu réagis de manière excessive. Cet homme semble être quelqu'un de bien, je ne le nie pas, mais si tu y réfléchissais deux secondes…

— Depuis quand es-tu si froid ? cracha Dan. Il vient de perdre son emploi. Il risque même de perdre son mari, et tu me demandes d'y *réfléchir deux secondes ?*

— Je ne doute pas que ce sont des épreuves difficiles à surmonter. Et qu'elles lui tombent dessus au même moment n'arrange certainement pas les choses. Mais ce n'est pas une raison pour aller *immédiatement* devant les tribunaux.

Graham se dirigea vers la fenêtre, et son regard s'égara à l'extérieur. Ses épaules étaient tendues, et le masque que Dan n'avait pas vu depuis des mois remplaçait son habituelle expression de calme et de concentration. Cela l'énervait-il ?

Tant mieux. Il aurait bien besoin d'un coup de pied au cul.

— T'est-il venu à l'esprit, reprit Graham d'une voix mesurée, qu'il ne s'agisse peut-être pas seulement de l'affaire ? Que tu t'impliques émotionnellement dans ce combat ? Que tu te vois en Phil ?

— Bien sûr que ça m'est venu à l'esprit, répliqua Dan, sa patience s'évaporant sous le poids des paroles de Graham. Mais ce n'est pas ce que tu penses.

— Oh ?

Bien. C'était la goutte d'eau.

— Je comprends où tu veux en venir, mais tu te trompes.

— Vraiment ?

— Tout ça n'a rien à voir avec Benn.

Graham se tourna pour lui faire face.

— D'accord. Alors, qu'est-ce qui te rend si déterminé à aller jusqu'au bout ?

Dan mit un long moment pour rassembler ses pensées.

— C'est comme Phil l'a dit. Il faut faire passer le mot. Envoyer un message. C'est parce que je veux défendre les gens normaux. C'est de *cela* qu'il s'agit.

— Défendre les gens normaux ? C'est ce que tu penses que nous faisons ici ?

Graham éclata de rire et secoua la tête.

— Nous sommes une *entreprise*. Si tout ce que nous faisions était de défendre le petit peuple, nous nous ferions régulièrement botter le cul jusqu'à Asheville, sans compter que nous ne serions pas en mesure de payer les salaires du personnel.

— Comment peux-tu ignorer de tels tyrans ?

— Tu vas me faire la leçon sur les tyrans, toi ? gronda Graham. Que sais-tu des tyrans ? Toi qui avais toujours tout ce que tu voulais ? Que tout le monde admirait ? Merde quoi, ils léchaient presque le sol sur lequel tu marchais, Dan. Tu ne sais rien des tyrans. La seule chose que tu sais faire, c'est en être un.

Dan fixa Graham.

D'où est-ce *que cette colère lui venait ?*

— Tu ne sais rien de ma vie, rétorqua-t-il, les mots fusant. Tu penses peut-être me connaître, mais cinq mois, ce n'est pas assez pour comprendre comment…

— Mais si, je te connais sur le bout des doigts.

Graham plissa les yeux et lança un regard noir à Dan. Dan ne l'avait même jamais vu aussi en colère. Il avait la nette impression qu'il avait raté quelque chose depuis le début. Qu'il avait mal compris un point qui était fondamental pour Graham.

— Quoi ?

— Je te connais, Danny.

Personne d'autre que ses parents ne l'avait appelé ainsi depuis des années. Pas depuis...

— Tu dis que tu veux aider Phil. Que tu veux le défendre et donner une leçon à son employeur. Est-ce que tu fais ça pour te sentir mieux par rapport à la personne que tu étais autrefois ? Vis-à-vis de tes actions passées ?

Dan savait que sa bouche devait être grande ouverte, mais il s'en fichait bien à ce moment-là. Les paroles de Graham le touchaient en plein cœur.

— Comment est-ce que...

— Comment puis-je savoir ? Penses-tu que parce que je ne suis plus le gamin joufflu au visage boutonné dont tout le monde se moquait au lycée, je ne me souviens pas de ce que c'est que d'être victime de harcèlement ?

Si les épaules de Graham ne se mouvaient pas au rythme de ses respirations, on aurait pu le croire coulé dans le marbre. Mais une telle statue ne pourrait jamais refléter la douleur qui brillait dans ces yeux verts.

— Je suis désolé, je...

— Je t'admirais, tu sais. Je pensais que tu étais un putain de *dieu.*

Graham serra la mâchoire et fronça les sourcils.

— Mais en fin de compte, les enfants s'en prennent toujours plein la gueule. Ta culpabilité est déplacée. Les enfants comme moi... nous *survivons*. Nous n'avons pas besoin que quelqu'un prétende nous sauver.

— Je ne comprends pas.

Dan n'arrivait plus à réfléchir de manière raisonnée. La réponse qu'il cherchait – celle qui lui permettrait de *comprendre* – était sur le bout de sa langue.

— Tu ne te souviens probablement pas de moi, s'exclama Graham, sa voix ne perdant rien de sa puissance. Mais moi, je me souviens très bien de toi. Je me souviens avoir croisé ton regard, le cul dans la boue, attendant que tu agisses. Que tu...

Non, ce n'était pas possible. Une image vacilla dans l'esprit de Dan, c'était une scène qu'il s'était rappelée plus de fois qu'il ne pouvait en compter. Jimmy Zebulon, assis dans la boue, des larmes coulant sur ses joues. Dan repoussa la culpabilité qui accompagnait toujours le souvenir et se concentra sur Graham.

— Tu… c'est toi… *Jimmy*?

Les yeux de Graham s'écarquillèrent. Pensait-il vraiment que Dan pouvait l'oublier? Pensait-il que Dan ne savait pas qui il était à l'époque?

— Pourquoi ne me l'as-tu pas dit?

Le choc de Dan s'estompa, et la colère monta brusquement en lui.

— Et quelle différence cela fait-il si c'était le cas?

— Ça fait une sacrée différence, Graham. Ça veut dire que tu m'as menti.

Pendant tout ce temps, Graham ne lui avait rien dit. Pour quelle raison? Pour le mettre à terre? Lui faire aussi mal que lui avait été blessé?

— Je ne t'ai pas menti. J'ai simplement choisi de ne pas te parler de mon passé.

Graham était d'un calme exaspérant, mais sa voix vacilla et son visage pâlit. Avait-il prévu que cela arriverait?

— Pendant tout ce temps, je t'ai fait confiance.

— Jimmy Zebulon est mort il y a quinze ans, déclara Graham sans montrer la moindre émotion. Il repose en paix. Fin de l'histoire.

— Mais toi… Tu sais qui je suis depuis le jour de notre rencontre. Tu le savais et tu… tu m'as embobiné?

Non, rejeta-t-il. *Graham ne ferait jamais ça!*

Son cœur fit un bond, mais il ne se laissa pas décourager.

Graham blêmit. N'avait-il pas compris ce que cela leur ferait?

Non. Bien sûr qu'il comprend.

— Non, je…

— Est-ce que c'est ta façon tordue de te venger de moi pour avoir été un beau salaud? Ah, ne te méprends pas, je sais parfaitement quelle saloperie j'étais à l'époque. Une vraie ordure. Mais attendre que je sois tombé amoureux de toi pour me dire la vérité… Voulais-tu à ce point-là me faire du mal? Attendais-tu le bon moment?

Graham ne répondit pas. Super. Eh bien, tant pis, qu'il aille se faire foutre. Il avait pris sa revanche. Dan n'avait pas besoin de ce genre de merde dans sa vie. Il n'avait pas besoin de ce travail, et il n'avait certainement pas besoin de quelqu'un comme Graham avec qui passer le reste de sa vie.

— Tu n'as rien à dire pour ta défense? Tu voulais te venger, tu devais bien savoir que cela gâcherait tout le reste.

— Dan, je…

— J'attends, lança Dan. Toujours rien à dire ?

Il attendit. Patienta pour… quelque chose. N'importe quoi. Des excuses. Une explication.

Rien ne lui parvint. Graham se détourna. Était-il si écœuré qu'il ne pouvait même pas regarder Dan dans les yeux ?

— Nous en avons terminé.

Dan avait prononcé ces mots calmement, même si au fond de lui, il avait envie de hurler.

Putain, qu'est-ce que c'est que ce bordel !

— Tu savais depuis le début que c'était comme ça que ça finirait, n'est-ce pas ?

Et Graham ne pipa pas un mot.

Très bien. Si c'est vraiment ce que tu veux, c'est bien joué.

Dan s'empara du dossier, de son stylo et de son téléphone sans se presser, et sortit.

GRAHAM observa la porte pendant un long moment. Il s'était attendu à ce que Dan parte. Bien sûr, il avait espéré que Dan resterait un peu plus longtemps, mais il s'y attendait, néanmoins.

Il avait menti quand il s'était qualifié de survivant. Lui crier dessus comme ça l'avait fait se sentir puissant, l'espace de quelques minutes, mais pas parce qu'il avait triomphé sur un tyran de première catégorie. Il avait enfin pris sa revanche.

Tu ne vaux pas mieux qu'eux.

Dehors, le soleil était presque couché. Il enleva sa veste et desserra sa cravate. Il ignora la petite voix qui lui hurlait de courir après Dan. Que lui dirait-il ? Rien n'y changerait au fait qu'il savait depuis le début qui était Dan et qu'il ne lui avait pas dit la vérité. Un mensonge par omission n'en restait pas moins un mensonge.

L'horloge sur son bureau égrenait les minutes. L'envie de jeter quelque chose lui passa, mais la colère demeura. Il essaya de se dire que Dan avait eu ce qu'il méritait, mais la vérité était sous ses yeux. *Il* avait eu ce qu'il méritait, pas Dan. En fin de compte, il était toujours ce gamin pathétique qui pleurait dans la boue. Incapable de s'exprimer.

Et puis merde, quoi !

Il sortit de son bureau et fit signe à son assistante. Il ne s'étonna pas de sa surprise à le voir partir si tôt. Avait-elle entendu leur dispute ?

Probablement. Elle le garderait pour elle, cependant. Il l'avait engagée parce qu'elle était discrète, après tout. Il tenait à sa vie privée.

Cinq minutes plus tard, il ferma la porte de son appartement, jeta sa veste et sa cravate sur le canapé et enleva ses chaussures. Dehors, les étoiles avaient commencé à apparaître dans un ciel qui s'assombrissait.

Les mots de Dan résonnaient dans son esprit.

« Mais attendre que je sois tombé amoureux de toi pour me dire la vérité... Voulais-tu à ce point-là me faire du mal ? »

Durant tous ces mois passés ensemble, aucun d'eux n'avait parlé d'amour. Graham n'y avait même pas pensé. Les choses avec Dan étaient confortables et faciles. Il avait commencé à attendre avec impatience les moments qu'il pouvait passer avec Dan et Lacey, les convoitant. Il passait, désormais, rarement ses week-ends au bureau. Il avait même commencé à voir les nuits passées à travailler comme l'excuse qu'elles étaient vraiment. Avant Dan, il n'avait eu que son travail.

Est-ce que je l'aime ?

Le silence fut sa seule réponse.

Chapitre Trente

GRAHAM remit de l'ordre dans une pile de papiers sur son bureau et jeta un coup d'œil à l'horloge : 11 h 20. Il appuya sur un bouton du boîtier téléphonique.

— Veronica, M. Parker est-il déjà arrivé ?

— Toutes mes excuses, monsieur Swann. Il ne sera pas là aujourd'hui, répondit l'assistante de Dan.

Il n'était pas venu hier non plus. Il était parti après leur dispute et n'était pas revenu depuis.

— Vous a-t-il donné une raison pour cette absence ?

Tu sais bien pourquoi.

— Je suis désolée, monsieur, il ne m'a rien dit, nia-t-elle. J'ai eu la nouvelle de Mme James ce matin même.

Terri était à Statesville pour un procès qui devrait durer au moins une semaine. Dan devait lui avoir passé un coup de téléphone plus tôt ce matin-là.

Pour lui dire quoi ? Qu'il quittait le cabinet ?

Probablement.

Le départ de Dan, si peu de temps après la signature du contrat, aurait des répercussions. Dan perdrait tout droit à la prime de fin d'année liée au chiffre d'affaires de l'entreprise. Il n'aurait pas non plus droit de récupérer les 10 000 $ qu'il avait investis la semaine dernière pour marquer son adhésion. Graham ne l'obligerait pas à respecter cette dernière clause, et il savait que Terri ne le ferait pas non plus.

C'est ta faute, pas la sienne.

Le savoir ne rendait pas les choses meilleures. Mais il aurait préféré que Dan ait le courage de lui dire en face.

Cela n'avait jamais été une question de revanche. Graham s'était promis qu'il ne serait plus jamais aussi impuissant, mais les graines du désespoir avaient commencé à prendre racine. Il s'était habitué à travailler avec Dan. Il avait pris goût à passer du temps avec lui. Et Lacey…

Arrête ça. Tu es un adulte. Agis comme tel !

Il se força à reporter son regard sur les dossiers et ramassa son surligneur. Deux minutes plus tard, il le reposa brusquement. Il sortit son portable et tapa sur l'un de ses raccourcis.

— Terri, appelle-moi dès que tu as terminé. S'il te plaît. J'ai vraiment besoin de parler.

Le reste de la journée s'éternisa. Il était près de dix-huit heures trente lorsqu'il parcourut les documents d'une déposition – une tâche qui, normalement, lui aurait pris deux heures, maximum. Chaque fois qu'il retrouvait sa concentration, ses pensées finissaient inévitablement par s'égarer sur les mots de Dan.

« Mais attendre que je sois tombé amoureux de toi pour me dire la vérité… »

Pourquoi n'avait-il pas répondu ?

Parce que tu étais choqué que Dan se souvienne de toi.

Parce que tout son monde, la vérité sur laquelle il avait construit sa vie d'adulte, avait changé lorsqu'il avait réalisé que Dan se souvenait de lui – celui qu'il avait été à l'époque. La peur l'avait retenu, et il avait à peine entendu les aveux de Dan.

Et maintenant, il pense que je l'ai piégé.

— Eh merde !

Il abattit sa main sur le bureau. Qu'avait-il fait ?

Par miracle, son portable vibra.

— Terri ?

— Le juge nous a gardés un peu plus longtemps aujourd'hui, donc je n'ai pas eu l'occasion de te rappeler plus tôt…

— Je suis désolé de te déranger. Je… j'ai fait une énorme erreur. Avec Dan. Quelque chose que je… regrette. Je comprends qu'il est probablement en colère contre moi, mais… Gérer l'affaire de cette façon… Quitter le cabinet… Ce n'est pas raisonnable. Je sais… je sais que je suis un incapable lorsqu'on en vient à ce genre de choses, mais j'étais… j'espérais, en quelque sorte, que tu puisses m'aider à trouver un moyen de m'excuser et…

— Il va nous quitter ? Il s'en *va ?* Mais pourtant, il…

— C'est ma faute, Terri. Je ne sais pas quoi faire.

— Attends un peu, Graham, l'interrompit-elle. Dan m'a appelé, mais c'était juste pour me dire qu'il ne pourrait pas venir de la semaine et qu'il n'était pas bien sûr de quand il serait de retour au bureau. Je pensais qu'il t'en avait informé.

— Je le vois venir d'ici, répondit Graham, l'estomac se retournant. Il est… il est impossible qu'il ne nous laisse pas tomber après ce que je lui ai fait.

— Nous laisser tomber ? J'en doute. Écoute, Graham, je ne sais pas ce qui se passe entre vous, mais je crois que tu te trompes, cette fois.

— Je ne me trompe pas, ajouta-t-il, frustré.

— Je pense le contraire. Son absence n'a rien à voir avec toi.

Les mots de Terri pénétrèrent finalement son esprit. La poitrine de Graham était serrée et il luttait pour reprendre son souffle alors que le sentiment de terreur s'intensifiait.

— Qu'est-ce que tu sais ? Je t'en prie, dis-le-moi.

— C'est Lacey, dit Terri avec un tremblement dans la voix. Elle est tombée sérieusement malade, Graham. Elle est à l'hôpital.

Chapitre Trente et un

DAN tendit l'oreille au son du moniteur cardiaque.

Au début, les bips rythmés l'avaient mis à cran, mais les jours passants, ils étaient devenus la preuve certaine qu'elle était toujours en vie. Pourtant, la voir attachée là, des tubes lui procurant des fluides, des antibiotiques et de l'oxygène, l'amena à se demander ce que son petit corps pourrait encore supporter.

Lacey, trésor, je ne peux pas te perdre, toi aussi.

Il repoussa toutes pensées concernant Graham. Il ne pouvait pas penser à ça. Il ne pouvait gérer qu'un seul cauchemar à la fois.

Il lâcha la main de Lacey et se leva. Elle ne savait probablement même pas qu'il était là – elle était inconsciente depuis qu'il l'avait amenée tôt mardi matin – sans parler du fait que tenir la main de quelqu'un avec des gants en latex n'était pas la même chose. L'horloge au-dessus de la porte indiquait 5 h 23. Il ne se souvenait pas s'être endormi la veille. Le fauteuil inclinable dans le coin de la salle des soins intensifs pédiatriques comportait des draps, un oreiller et une couverture, tel un vrai lit, mais il s'était endormi sur une chaise près d'elle.

Le roulement des infirmiers allait bientôt avoir lieu, et celui des médecins prendrait place dans une petite heure. Il avait besoin d'un café ou il risquait de ne pas être assez alerte pour se souvenir des questions qu'il voulait poser.

L'infirmière de nuit était passée vers minuit pour vérifier les signes vitaux de Lacey.

— Nous devrions avoir les résultats de la deuxième ponction lombaire demain matin, avait-elle dit à Dan en se frottant les mains et en enfilant une paire de gants. Nous pourrons alors savoir si les antibiotiques ont fait leur effet.

— Merci.

Un léger coup à la porte le fit sursauter. Il se leva et l'ouvrit pour trouver l'infirmière de jour, Sarah, qui attendait patiemment.

— Il y a quelqu'un dehors qui attend de vous voir, l'informa-t-elle. Il est venu vers l'heure du dîner hier soir, mais il a demandé que nous ne vous dérangions pas. Je lui ai dit qu'il pourrait peut-être revenir le matin, mais il a insisté pour rester. Il voulait attendre que vous sortiez.

Était-ce son père ? Il avait eu l'intention d'appeler ses parents hier, mais il avait complètement oublié. Peut-être que Terri s'en était occupée.

— Je vais aller le voir, lui dit-il.

Sarah lui offrit un sourire qui faillit le faire éclater en sanglots : plein de bonté, avec une ample dose de compassion. Dan se demandait comment quelqu'un pouvait exercer ce travail jour après jour, sachant que certains de ses jeunes patients pourraient ne pas survivre.

Ce ne sera pas le cas de Lacey.

Il avait besoin de rester fort. Ce qu'il avait appris de Graham lundi lui avait remis les pendules à l'heure. Il avait à peine eu le temps de noter combien son cœur était meurtri que Lacey s'était réveillée cette nuit-là avec une forte fièvre venue de nulle part. Elle lui avait dit que son cou « était dur », et quand il avait allumé pour vérifier sa température, elle avait pleuré en disant que la lumière était trop forte. Puis elle s'était mise à vomir et elle ne s'était pas arrêtée avant qu'elle ne s'évanouisse entre ses bras.

Il se frotta la nuque, la blouse jaune qu'ils lui avaient donnée faisant un étrange bruit de froissement à chaque mouvement. Il la jeta avec ses gants dans le panier près de la porte, puis se lava les mains comme l'infirmière le lui avait montré. Un rapide coup d'œil dans le miroir lui dévoila une ombre de cinq heures qui menaçait de prendre l'apparence d'une barbe. Il demanderait un rasoir à l'un des assistants, la prochaine fois qu'il passerait.

Il ferma doucement la porte de la pièce derrière lui. Le service était toujours silencieux tandis qu'il se dirigeait vers la salle d'attente. Il serait peut-être passé devant le grand homme qui dormait sur l'une des chaises, la tête appuyée contre le mur, sans même un regard, s'il ne l'avait pas reconnu à sa façon de plier ses longues jambes.

— Graham ?

Ses yeux s'ouvrirent. Aussi épuisé qu'il devait l'être, ses yeux verts brûlaient d'intensité. Dan prit une longue inspiration pour dissiper la vague d'émotion qui traversa sa poitrine et se logea dans sa gorge au seul fait de voir Graham ici. Avait-il vraiment attendu toute la nuit pour le voir ?

— Je suis vraiment désolé, Dan, dit-il sans hésiter. Comment va-t-elle ?

— Je… je ne sais pas.

Graham fronça les sourcils.

— Que s'est-il passé ?

— Méningite bactérienne. Je ne… j'ai essayé, mais…. L'infection de l'oreille qu'elle a eue la semaine après Thanksgiving…

Dan se pinça l'arête du nez et essaya de reprendre un fil de pensées plus clair.

— Les médecins n'en sont pas sûrs… ce n'est probablement pas la même chose, mais… cela l'a peut-être rendue plus susceptible.

— Ils n'ont pas de vaccin pour ça ?

— Ce n'est pas… Il ne fonctionne pas sur tous les types de bactéries. Il y a beaucoup de variants.

Dan s'essuya les yeux du revers de la main et retint ses larmes.

— Dans quel état est-elle ?

— Son cerveau… Elle est inconsciente. Il est probablement enflé. Ils disent que c'est normal…

Il déglutit difficilement et essaya de respirer malgré une vague de terreur.

— Je ne peux pas… je continue de m'inquiéter… Et si elle ne se réveillait pas ?

Il ne voulait même pas envisager la possibilité qu'il y ait des dommages, même si elle se rétablissait.

Pas si. Lorsque. Elle va aller mieux. Elle le doit.

Il devait avoir l'air pathétique, car Graham se leva et posa une main sur son épaule.

— Tu allais quelque part, lui rappela-t-il d'une voix douce.

Dan hocha la tête.

— Je vais me chercher un café.

— Quand as-tu mangé pour la dernière fois ?

Dan haussa les épaules.

— Hier ? Je ne suis pas… je ne me souviens pas.

— Je vais aller acheter de quoi petit-déjeuner.

Le grondement sourd du ventre de Graham était étonnamment rassurant.

— D'accord.

Les non-dits pouvaient bien attendre. Quoi que lui et Graham puissent encore être l'un pour l'autre à ce moment particulier, en se présentant à l'hôpital, Graham lui assurait qu'ils étaient toujours amis. Dan n'était pas si fier de comprendre si tard qu'il avait besoin d'une épaule amicale à ce moment même.

Dan fit signe vers les portes, et ils traversèrent le couloir jusqu'aux ascenseurs.

— Comment vas-tu ? Et ne me mens pas, l'interrogea Graham alors que les portes se refermaient.

Dan s'appuya contre le mur de la cabine et soupira.

— Je survivrai. Mais pour Lacey…

Il lutta contre les larmes qui menaçaient de couler.

— Que disent les médecins ?

Dan haussa les épaules.

— Quand nous sommes arrivés… quand je l'ai amenée mardi… Je pouvais le voir dans leurs yeux, expliqua-t-il. Ils n'étaient sûrs de rien… ils pensaient qu'elle n'y survivrait peut-être pas. Et maintenant… Nous devrions avoir les résultats des tests bientôt… avec tout le sang qu'ils lui ont pris la nuit dernière… Nous devrions avoir une réponse en fin de matinée. Je n'avais même pas pensé à ça… Les enfants attrapent des trucs tout le temps… à la garderie… à l'école. Son médecin… il disait que nous devrions attendre avant de traiter son oreille, qu'elle guérirait probablement par elle-même. Que peut-être… peut-être qu'elle n'aurait pas besoin d'antibiotiques. Mais et si… et si j'avais fait le mauvais choix ? Et si… et si j'avais dû insister ?

— Hé.

Graham tourna doucement le visage de Dan vers le sien.

— N'y pense même pas.

— Mais je…

— Tu es un père extraordinaire. Ce n'est pas ta faute. C'est un coup de malchance, oui, mais ce n'est pas ta faute.

— Merci.

Dan savait que ce n'était pas sa faute, mais entendre Graham le lui dire lui redonnait des forces.

Les portes s'ouvrirent, et Dan suivit le chemin vers la cafétéria. Déjà, un groupe de résidents discutait autour d'un café à une longue table, et plusieurs infirmières patientaient pendant qu'un cuisinier préparait leurs petits déjeuners.

Dan remplit une grande tasse de café après avoir commandé un biscuit au comptoir. Quelques minutes plus tard, lui et Graham s'installèrent à côté d'une rangée de hautes fenêtres qui donnaient sur une cour.

— Merci. D'être venu… pour Lacey, le remercia Dan.

Bon sang, ce que Graham lui avait manqué ! Il n'avait pas réalisé à quel point jusqu'à maintenant. À *combien* il avait besoin de Graham.

— Je suis venu pour elle comme pour toi. Même si je dois admettre que j'avais peur que tu me claques la porte au nez en me voyant.

Graham pouffa, mais Dan sentit qu'il y avait toujours cette même crainte tapie derrière ses mots.

— Je suis quand même content que tu sois venu. Je suis désolé de ne pas avoir réalisé que tu étais là plus tôt.

Graham secoua la tête.

— L'infirmière m'a dit que tu dormais. Je ne voulais pas te déranger.

Dans sa chemise froissée et son pantalon de costume, Graham n'avait pas l'air au mieux de sa forme. Il aurait facilement pu se changer à son appartement avant de passer, mais le fait qu'il soit venu directement du bureau fit sourire Dan. Cela faisait longtemps qu'il n'avait plus été la priorité de quelqu'un d'autre.

— Je suis désolé de ne pas t'avoir appelé pour te prévenir.

Au moment en question, Dan n'avait pas voulu faire face aux émotions mitigées que Graham avait évoquées en lui, alors il avait appelé Terri.

— Je me suis dégonflé.

— Pas besoin de t'excuser pour ça. Je comprends parfaitement. D'ailleurs, la seule chose qui compte, c'est que Lacey aille mieux. Et si je peux t'aider en quoi que ce soit, cela me convient amplement.

— Merci.

— Ça va mieux? demanda Graham après que Dan avait terminé son petit déjeuner.

— Oui. Je n'avais pas réalisé à quel point j'avais faim.

— Il est difficile de se rappeler de prendre soin de soi quand on est occupé à prendre soin des autres.

Graham sirota son café.

— On dirait que tu as un peu d'expérience avec ça.

— Mon beau-père est décédé l'été de ma deuxième année de fac de droit, raconta Graham. Cancer du pancréas. J'ai fait ce que j'ai pu pour aider ma mère. Ça me donnait l'impression de ne pas trop être inutile.

— Je suis sûr que tu ne l'as pas été.

— Je m'en rends compte maintenant.

Graham serra les lèvres.

— Mais à l'époque, la seule chose que je pouvais faire était d'empêcher ma mère de s'effondrer et m'assurer qu'elle mange trois repas par jour. Je faisais aussi en sorte qu'elle quitte l'hôpital de temps à autre, afin qu'elle puisse dormir convenablement.

— Tu étais très proche de lui, n'est-ce pas?

— Je connaissais à peine mon père biologique.

Le regard de Graham resta neutre, mais ses yeux étaient ronds et sombres d'émotion.

— Il est parti quand j'avais six ans. Je ne l'ai jamais revu après ça. Il est mort quand j'étais au collège. C'est la boisson qui l'a emporté. Ma mère a rencontré Bo Swann lors de mon entrée au lycée. Quand il a été transféré au Tennessee, elle l'a épousé, et nous avons déménagé.

— Et tu as pris son nom.

— Je pense que cela le rendait fier, expliqua Graham. Et j'étais fier d'être son fils.

Dan devina qu'il y avait davantage à l'histoire qu'il n'en révélait, mais sachant où cela pouvait mener, il afficha un sourire compréhensif.

— Tu dois vouloir y retourner.

Graham fit signe vers l'horloge.

— Merci. J'espérais parler au médecin de Lacey ce matin.

Il se leva et ramassa son plateau, puis le déposa sur le tapis roulant près de la sortie.

Ils marchèrent dans un silence confortable jusqu'aux ascenseurs.

— Je ne pourrai jamais assez te remercier d'être venu, répéta Dan alors qu'ils entraient.

Les portes se refermèrent, et Graham serra Dan contre lui dans une chaleureuse étreinte. Malgré lui, Dan sentit ses dernières forces le quitter sous la tendresse de cette étreinte. Les larmes coulèrent silencieusement sur ses joues, et il appuya sa tête contre le torse de Graham.

— J'en avais besoin, dit-il à Graham au travers de ses larmes. J'ai passé une trop grande partie de ma vie à me retenir. À essayer d'être quelqu'un que je ne suis pas. Me laisser aller vaut bien mieux que d'avoir l'impression que je vais exploser.

— Ne m'en parle même pas, dit doucement Graham.

— Pourquoi ne rentrerais-tu pas chez toi? Va donc te reposer. Ils n'autorisent qu'un seul visiteur à la fois dans la chambre.

— Ne t'inquiète pas pour moi, répondit Graham. Concentre-toi sur Lacey. Je serai là si tu as besoin de moi.

Dan s'appuya contre Graham et soupira.

— Merci. D'être là. Quand j'ai besoin de toi.

Graham embrassa le haut de son crâne avant de chuchoter :

— Tu n'es pas seul.

Chapitre Trente-Deux

APRÈS le petit déjeuner, Dan retourna dans la chambre de Lacey, et Graham s'installa sur une chaise dans la salle d'attente. Il sortit son téléphone et parcourut ses e-mails sans vraiment y prêter attention. Il avait demandé à son assistant d'annuler toutes ses réunions pour le reste de la semaine. De toute façon, il ne serait pas d'une grande utilité au bureau ; ses pensées étaient sans arrêt assaillies par des images de Dan, et il n'aurait, de toute manière, pas cessé de s'inquiéter pour Lacey. Et rien qu'à voir combien il était difficile pour lui d'imaginer qu'elle pourrait… ne pas s'en remettre, il ne pouvait même pas imaginer ce que Dan devait ressentir.

Il n'avait pas eu l'intention de serrer Dan dans ses bras, mais l'envie lui était soudainement venue, et pour une fois, il avait laissé parler ses émotions. Il n'avait pas voulu faire pleurer Dan. À le voir dans cet état, Graham avait lui-même envie d'éclater en sanglots.

Dan était certainement en train de parler aux médecins. Une litanie d'hypothèses traversa son esprit épuisé. Il essaya de réfléchir à ce qui se passerait après la récupération de Lacey. Il refusait de donner foi à d'autres pensées.

— Graham ?

Il leva les yeux de son téléphone pour voir Jane et Bill Parker entrer dans la salle d'attente.

— Vous êtes déjà là, s'étonna-t-il.

— Nous avons pris le premier vol au départ d'Asheville ce matin, déclara Bill. Nous sommes heureux que vous nous ayez appelés.

— Comment va-t-elle ? demanda Jane, la voix hésitante.

— Dan attend des nouvelles, expliqua Graham. Elle est sous antibiotiques. Les médecins pensent que ça fonctionne, mais ils attendent les résultats des tests pour en être sûrs.

Jane s'assit lourdement sur l'une des chaises.

— Elle va s'en remettre. Elle le doit. Il ne peut plus revivre ça.

Elle sourit à Graham.

— Dieu merci, tu es là pour lui. Quand Benn est mort, il n'y avait personne pour l'aider à traverser ça. Tout s'est passé si vite.

— Je ne peux pas imaginer à quel point cela a dû être difficile, déclara Graham.

— Il fait toujours bonne figure. Mais à l'intérieur…

Bill passa son bras autour des épaules de sa femme.

— Les choses sont différentes. Lacey est forte. Et Dan a quelqu'un qui tient à lui. Qui est là pour lui.

Graham n'avait qu'une envie : ramper dans un trou et disparaître. Il aurait dû le soutenir, mais tout ce qu'il était parvenu à faire, c'était de tout gâcher.

UN peu plus d'une heure plus tard, Dan entra dans la salle d'attente. Ses yeux étaient rouges, et le cœur de Graham bondit.

— Maman ? Papa ?

— Oh, mon chéri, je suis vraiment désolée.

La mère de Dan le prit dans ses bras, et son père lui tapota le dos.

— Je voulais vous appeler, dit Dan. Je voulais vous prévenir… Mais je n'arrivais pas à réfléchir correctement.

— Graham nous a appelés hier soir, l'informa Jane en s'éloignant de Dan et en posant sa main sur sa joue. Tout va bien. Nous sommes là, maintenant. Y a-t-il du nouveau ?

Graham tenta de reprendre son sang-froid, mais au lieu de parler, Dan s'approcha de lui et le serra fort dans ses bras, se cramponnant à lui pendant un long moment.

— Ils viennent d'avoir les résultats, dit-il finalement.

— Et alors ?

La voix de Graham se brisa sur ces mots.

— Elle va mieux.

Graham retint ses larmes.

— Oh, Dieu merci.

Jane les serra tous les deux dans ses bras.

— J'étais certaine qu'elle irait bien.

— Elle est… elle n'est toujours pas sortie de là, rétorqua Dan. Elle a encore de la fièvre… Elle… elle ne s'est pas réveillée, mais le docteur… il…

Il marqua une pause insoutenable.

— Il dit que ses chances sont bien meilleures… maintenant que les antibiotiques semblent fonctionner.

— Pouvons-nous la voir ? demanda Jane.

— Ils sont censés la faire sortir du service de réa vers un étage inférieur. Elle aura toujours des soins 24 heures sur 24, mais une fois qu'elle sera là, elle pourra avoir des visiteurs.

Dan sourit.

— Je resterai avec tes parents si tu veux y retourner, fit remarquer Graham.

— Ils la préparent pour le transfert.

Dan passa une main dans ses cheveux et se frotta la nuque.

— Les infirmières me feront signe dès qu'elles seront prêtes. Ils… Ils disent que ça va certainement prendre quelques heures. Quand êtes-vous arrivés ? Avez-vous mangé quelque chose ?

— Toujours à s'inquiéter pour les autres, s'amusa sa mère en se tournant vers son père. Vous savez quoi ? Je pense que nous devrions trouver de quoi égayer la chambre de Lacey afin qu'elle ait quelque chose à faire quand elle se réveillera. Qu'en pensez-vous ?

— Je n'en sais trop rien, commença le père de Dan. Ça me semble…

Jane lui donna un coup de coude et murmura assez fort pour que Graham entende :

— Laissons-leur quelques minutes, Bill.

Les joues de Bill s'empourprèrent.

— Ah. Je vois. Quelle bonne idée.

Il leur fit un clin d'œil tandis que Jane le traînait hors de la salle d'attente.

— On doit bien admettre qu'ils sont plutôt marrants.

Dan rit.

— Et aussi subtils qu'une fanfare en approche.

— Aussi.

— Je... je ne te remercierai jamais assez... De les avoir contactés, dit Dan, de nouveau sérieux. Mais comment as-tu su que je n'avais pas appelé ?

— Je n'en savais rien. Mais j'ai pensé que tu voudrais qu'ils soient là, alors je leur ai passé un coup de fil.

— Je suis vraiment désolé... j'aurais dû te prévenir plus tôt.

Dan inspira longuement.

— Je suis là maintenant.

— Et le bureau ? demanda Dan.

— Je m'en suis déjà occupé. J'ai beau aimer avoir la main sur tout, Terri et moi avons fait en sorte que le cabinet puisse continuer de tourner sans nous de temps à autre. À moins qu'il n'y ait une urgence, tout ira bien, a priori.

— Tant mieux. L'idée que tu m'aies fait partenaire et que je détruise tout ce que vous avez construit me pèserait.

Dan sourit.

— Ça veut dire que tu restes ? demanda Graham.

— Pourquoi ne resterais-je pas ?

Dan prit la main de Graham et la serra.

— Peu importe ce qui s'est passé entre nous, j'ai pris un engagement envers le cabinet lorsque j'ai signé ce contrat. Donc tant que tu ne me mets pas à la porte, tu risques d'être coincé avec moi.

La gorge de Graham se serra aux mots de Dan.

— Est-ce qu'il y a encore une chance que nous puissions arranger les choses ?

— Je suis du genre têtu, tu te souviens ?

Graham sourit.

— Et moi donc. Et en parlant d'être têtu, que dirais-tu que je te reconduise chez toi pour que tu puisses prendre une douche et enfiler des vêtements propres.

— Je sens si mauvais que ça ?

— Pas particulièrement, le rassura Graham. Mais tu commences à avoir l'air un peu débraillé.

Et j'aimerais prendre soin de toi pour changer un peu.

Dan toucha ses joues.

— Tu as sûrement raison. Ce n'est pas mon meilleur look.

— Probablement pas.

Graham ravala son envie de le prendre dans ses bras. Ce n'était ni le moment ni le lieu pour s'excuser… ou pour le supplier. L'important, c'était Dan et Lacey.

— Ouais.

— Tu vas bien ? demanda Graham.

Dan hocha la tête.

— Je sais qu'on m'a dit qu'elle va aller mieux, mais je ne peux m'empêcher de penser qu'elle…

— Je comprends.

Graham serra l'épaule de Dan.

— Mais rester ici à s'inquiéter ne va rien y changer. Tu te sentiras beaucoup mieux après avoir pris une douche et enfilé des vêtements propres. Et quand Lacey se réveillera, elle verra son papa et pas un vieil ermite des montagnes.

Dan se mit à rire.

— D'accord. Tu m'as eu sur ce coup.

— Je vais envoyer un texto à tes parents pour qu'ils nous rejoignent dans la chambre de Lacey.

— Merci, répondit Dan. Pour tout.

Graham déglutit difficilement.

— Je suis content d'avoir pu t'être utile. Et puis, je pense que je suis complètement tombé sous le charme de ce petit bout de chou.

Et sous celui de son père.

Chapitre Trente-Trois

— **MONSIEUR** PARKER ? dit Sarah.

— Oui ?

Elle s'écarta.

— J'ai pensé que vous voudriez peut-être voir ça.

Le cœur de Dan cogna contre sa poitrine alors qu'il se dirigeait vers le lit.

Lacey lui sourit.

— Papa ?

Oh, Dieu merci !

— Lacey, mon trésor.

Il se pencha et l'embrassa sur le front.

— Comment te sens-tu ?

— J'ai faim.

Elle avait l'air faible, mais ses yeux brillaient alors qu'elle découvrait la pièce du regard.

Dan ravala ses larmes.

— Tu ne peux pas savoir combien tu me fais plaisir en disant ça.

Il lui effleura la joue avec ses doigts.

— Je vais informer le Dr Pilkington de son réveil, déclara Sarah en souriant à Lacey. Nous apporterons de quoi manger dans peu de temps.

— Sommes-nous à l'hôpital ? demanda-t-elle.

— Exactement. Tu as dormi une petite semaine. Mamie et papi sont même venus te voir. Et…

— Et M. Graham, il est ici, dis ?

Dan hocha la tête et prit l'animal en peluche sur la table à côté de lui.

— Il t'a laissé ça.

Lacey tendit la main, et il le plaça entre ses bras.

— C'est moi qui lui ai dit que j'aimais les oies, dit-elle.

Dan avait voulu lui demander pourquoi une oie, mais il devait avoir oublié.

— Tu te souviens ? Quand nous avons pris le petit train.

— Je me souviens.

Lacey bâilla, et ses yeux se fermèrent. Un instant plus tard, la porte de la chambre s'ouvrit.

— J'ai entendu dire que notre patiente s'était réveillée, s'exclama le Dr Pilkington.

— Je pense qu'elle vient de se rendormir, dit Dan.

— Lacey ?

— Mmm-hmm ?

Lacey rouvrit les yeux.

— Je suis le Dr Pilkington. C'est moi qui me suis occupée de toi.

— M. Graham m'a apporté un cadeau.

Lacey serra l'oie en peluche dans ses bras.

— C'est un beau cadeau. M. Graham doit être un homme très gentil.

Le docteur se tourna vers Dan et sourit.

Lacey hocha la tête.

— Voyons voir comment tu vas, déclara le Dr Pilkington. Je vais devoir vérifier certaines choses.

Quelques minutes plus tard, Dan sortit de la pièce. Il avait presque atteint la salle d'attente quand il s'arrêta et s'appuya contre le mur. Les larmes qu'il avait réussi à retenir coulaient maintenant sans encombre, telle une averse.

Reprends-toi. Respire.

Quelqu'un lui serra doucement l'épaule.

— Tout va bien ? demanda Graham.

Dan hocha la tête, momentanément incapable de parler.

— Tout va bien.

Dan enroula ses bras autour de Graham.

— Elle est réveillée, sanglota-t-il à moitié, la voix cassée contre son torse.

— Oh, Dan.

Graham le serra fort dans ses bras.

— Quelle merveilleuse nouvelle !

— Elle aime beaucoup l'oie que tu lui as achetée, ajouta-t-il. Elle en parlait encore au médecin quand je suis parti.

Dan s'essuya les yeux de sa main.

— Je vais aller chercher des mouchoirs.

Dan secoua la tête.

— Ne bouge pas, s'il te plaît. Pour le moment, j'ai besoin que tu restes là, avec moi. Je me sens complètement dépassé.

— C'est d'accord.

— Merci.

Dan prit quelques respirations plus profondes, et son cœur s'arrêta de battre à tout rompre. Il s'accrocha à Graham pendant une minute, puis hocha la tête.

— Ça va déjà un peu mieux.

— Tu es sûr ?

— Oui.

Le Dr Pilkington sortit de la chambre de Lacey.

— Monsieur Parker ?

— Oui ?

— Avez-vous une minute pour discuter de votre fille ?

— Bien sûr.

Le docteur jeta un coup d'œil à Graham.

— J'aimerais que Graham soit là, si ça vous convient, l'informa Dan.

— C'est votre choix, répondit-elle en hochant la tête. J'ai effectué un check-up de son état.

— Et ?

— Et elle se remet très bien. A priori, l'enflure au niveau du cerveau ne semble pas avoir causé de dommages permanents. Rien à redire non plus sur sa gestuelle.

Elle rit, puis ajouta :

— Et quand je lui ai demandé si elle savait comment elle s'appelait, elle m'a dit que son père lui avait fait mémoriser son adresse et son numéro de téléphone. Elle voulait me les réciter.

Dan poussa un soupir de soulagement.

— Merci. Merci pour tout ce que vous avez fait.

Le docteur secoua la tête.

— Je fais juste mon travail. Et en l'amenant ici aussi vite que vous l'avez fait, vous lui avez probablement sauvé la vie.

— Merci. Je vous en suis tout de même vraiment reconnaissant.

— Je vous en prie, répondit-elle.

— Quand peut-elle rentrer à la maison ?

— J'ai demandé à faire quelques tests supplémentaires, juste par précaution. Mais tant qu'elle mange correctement et que tout se passe bien, elle devrait pouvoir sortir dès demain matin. Mais elle devra se reposer avant de retourner à l'école, poursuivit le médecin.

— Je suis sûr que le patron de monsieur Parker lui accordera tout le temps dont il a besoin, lança Graham avec un sourire.

Le docteur hocha la tête.

— Bien. Je reviendrai ce soir pour faire un dernier check-up. Nous aurons les résultats des tests d'ici là.

— Peut-elle avoir des visiteurs ? demanda Dan.

— Bien sûr. Mais il serait mieux si vous n'entriez pas à plus de deux à la fois, pour le moment, déclara le Dr Pilkington. Elle a encore besoin de repos.

— Je vois.

Le médecin leur sourit avant de s'éloigner.

— Veux-tu la voir ? demanda Dan à Graham.

— C'est une vraie question ?

Ils entrèrent dans la chambre de Lacey, où Sarah ouvrait le papier d'emballage d'une glace.

— Monsieur Graham ! cria Lacey.

— Salut, bout de chou.

La voix de Graham se brisa.

— J'ai entendu dire que tu te sentais beaucoup mieux.

— J'ai le droit à des glaces, maintenant, annonça Lacey.

— Pas juste, répliqua Graham. J'en veux une, moi aussi.

— C'est au raisin.

Lacey sourit.

— Ma préférée, s'exclama Graham.

— Et moi donc, ajouta Dan.

— Si tu es sage, peut-être qu'ils t'en donneront une à toi aussi, dit Lacey.

Quelques coups de langue plus tard, elle avait les joues violettes et toutes collantes.

UNE HEURE plus tard, Dan et Graham déjeunaient à la cafétéria pendant que les parents de Dan tenaient compagnie à Lacey.

— Sa chambre commence à ressembler à un magasin de jouets avec tous ces animaux en peluche.

— Qui aurait pensé que mes parents rachèteraient la boutique pour passer le temps ? plaisanta Dan. Elle dit que le seul qu'elle veut garder, c'est le tien.

— Le shopping est un bon moyen de se changer les idées, admit Graham. Qui savait que Toys'R'Us était ouvert jusqu'à vingt et une heures ?

— Depuis quand n'as-tu plus remis les pieds chez toi ?

Graham haussa les épaules.

— Il n'y a rien dont j'ai besoin pour le moment.

— Merci… pour tout ce que tu as fait ces derniers jours. Pour moi, pour Lacey…

— Ce n'est rien.

— Si, ça compte pour moi. Mais si tel est ton souhait, je n'insisterai pas plus sur ce point.

Graham éclata de rire.

— Merci, Maître.

— Tu as fini ?

Dan fit signe à l'assiette vide de Graham, et Graham hocha la tête.

— Il fait environ 21 °C dehors, d'après mon téléphone. Il y a une petite cour près de l'entrée principale. Ça te dérange de faire une petite promenade avec moi ?

— Pas du tout.

— Super !

Dan déposa leurs plateaux près de la sortie et mena le pas le long du couloir. Quelques minutes plus tard, ils sortirent tous deux sous le soleil agréable de décembre.

— Je ne pense pas que je pourrais un jour vivre dans le Nord, j'aime trop le sud pour ça. Il n'y a qu'ici où l'on puisse avoir un soleil comme celui-ci juste après Thanksgiving.

— Maman dit qu'il y a eu cinq centimètres de neige le week-end dernier, dit Dan alors qu'ils s'installaient sur un banc au fond du jardin.

— La montagne, ça ne compte pas. Mais je ne peux pas dire que ça ne me manque pas.

Dan se frotta la bouche et se força à détendre ses épaules.

— Peut-on parler de ce qui s'est passé avant tout ça ?

— Si c'est ce que tu veux. Je suis déjà bien content que tu me parles encore, après ce que je t'ai fait.

— J'étais en colère, expliqua Dan. Mais ma réaction était excessive.

Il inspira lentement et se rappela qu'il devait à Graham le même genre d'honnêteté qu'il lui avait montré.

— Tu avais raison quand tu disais que je voulais prendre le cas de Phil, parce que je me sentais coupable. Le truc, c'est que je me souviens parfaitement de ce jour… sur le terrain. Et je me suis détesté pour ce que j'ai fait ce jour-là. Je me déteste toujours, d'ailleurs, ajouta-t-il en soupirant. Je pense toujours que tu as eu tort pour l'affaire. Mais la façon dont j'ai réagi… Je suis désolé. J'ai eu tort, moi aussi.

— Je ne sais pas trop quoi te dire, dit Graham après une brève pause. Si ce n'est « merci ». Et je suis désolé. Après ton départ, j'ai réalisé que même si je n'avais pas *voulu* me venger de ce qui s'était passé, pendant une fraction de seconde, ça m'a fait du bien. Et pour ce qui est de se détester, cela vaut pour moi aussi. Peut-être que nous pourrons en parler un peu plus tard.

— Oui, ça me plairait beaucoup. Et il y a autre chose que tu devrais savoir, déclara Dan. Ce jour-là, il y a quinze ans, j'ai trouvé quelque chose que je n'ai jamais eu la chance de te rendre.

Graham le regarda avec méfiance, mais resta silencieux.

— J'ai fait beaucoup d'erreurs dans ma vie, poursuivit Dan. Mais il y en a une que je regrette plus que tout. Il faut absolument que je te le dise avant que je ne me dégonfle.

— D'accord…

Graham fronça les sourcils, et Dan se demanda s'il avait des doutes sur ce qu'il s'apprêtait à révéler.

Sa main trembla lorsqu'il fouilla dans la poche de sa veste et en sortit un morceau de papier écorné. Il le déplia doucement, en prenant soin de ne pas le déchirer au niveau des plis où il avait déjà commencé à se fendre.

Il n'osa pas regarder Graham dans les yeux. Au lieu de cela, il se concentra sur la note et lut :

— « *Danny,*

Ta façon de bouger m'est apparue. La façon dont ton corps glisse sur le terrain et fait volte-face aussi aisément, telle la brise, donne l'impression que tu ne touches même plus le sol. J'aimerais apprendre à voler avec toi. Si j'étais quelqu'un d'autre, peut-être me remarquerais-tu.

Ta gentillesse m'est apparue quand tu pensais que personne ne te regardait. Tu es toujours là quand tes amis ont besoin de toi. Tu es mal à l'aise quand l'on te dit que tu es quelqu'un d'exceptionnel. Moi aussi, j'aimerais être la personne sur qui on peut compter.

Je n'aurai probablement jamais le courage de te le dire en face, mais toutes ces choses me donnent envie d'être plus fort. Te regarder me donne l'espoir que je puisse être plus que je ne suis aujourd'hui. Te regarder me fait croire à bien plus.

Jimmy »

— Tu… Tu…

Graham fronça les sourcils, la mâchoire contractée.

— Je l'ai trouvée par hasard.

Dan inspira longuement.

— Ce jour-là, je suis retourné sur le terrain. Je pense que j'espérais que tu y serais toujours, même si je savais que je me faisais des idées. Je voulais m'excuser. J'avais besoin de te dire à quel point j'étais désolé de ne pas avoir…

Dan inspira profondément, des larmes piquant le coin de ses yeux.

— Je ne t'ai pas défendu. Je les ai laissés te malmener. Je n'étais pas mieux qu'eux, je ne disais rien.

— Tu avais peur.

— J'étais faible.

Dan ne se permettrait pas le luxe d'être excusé. Surtout sachant ce qu'il savait maintenant.

L'expression de Graham s'adoucit, et il soupira.

— C'était il y a tellement longtemps

— Peut-être.

Dan se frotta le visage.

— Mais au lieu de te trouver toi, j'ai trouvé ta lettre. Je voulais te la rendre, mais je ne savais pas comment. Tu l'avais écrite pour moi, mais je savais que tu n'avais jamais eu l'intention que je la lise.

Graham serra les lèvres, mais il ne semblait pas en colère. Au contraire, il avait l'air soulagé.

— Cet été-là, l'avoir en ma possession m'a pesé, alors j'ai décidé de te le rendre d'une manière ou d'une autre. Et te dire combien j'étais désolé. Quel beau salaud j'étais. Je t'aurais peut-être même dit la vérité sur moi, si ça se trouve. Mais tu n'es jamais revenu, en fin de compte.

— Mince alors ! Et toutes ces années, je pensais que… fit Graham. Mais ça, c'était jusqu'à ce que je te revoie au cabinet ce premier jour et que je réalise que tu ne devais pas encore avoir fait ton coming-out à ce moment-là. Je pense que je te détestais. Non, ce n'est pas vrai. Ce que je détestais c'est d'être tombé amoureux de toi.

— Alors, cette lettre, dit Dan. C'était…

— Une lettre d'amour.

Graham éclata de rire et secoua la tête.

— Une lettre d'amour enfantine que j'emportais avec moi comme un porte-bonheur. Une lettre que je n'ai jamais eu le courage de te donner.

Dan ravala ses larmes.

— Cette lettre m'a sauvé, déclara-t-il en s'armant de courage pour ce qu'il s'apprêtait à dire.

— Elle t'a sauvé ?

Dan hocha la tête.

— J'ai passé la majeure partie de ma vie à prétendre être quelque chose que je n'étais pas. Le sportif. L'hétéro. Le mec cool. Et j'en passe. C'était celui que j'étais censé être. Et quand je me suis explosé le genou… je n'avais plus rien. C'est, du moins, ce que je pensais à l'époque.

Il leva la lettre en question et sourit.

— Je me souviens l'avoir ressortie et l'avoir lue pour la énième fois. Cela faisait bien un an qu'elle traînait dans un tiroir, peut-être même plus. Et j'ai réalisé à ce moment-là qu'il y avait quelqu'un qui avait vu à travers mes mensonges. Et ce quelqu'un pensait que celui que j'étais sous ce masque était quelqu'un de décent, quelqu'un de bien.

— Dan, je ne sais pas quoi dire…

— Tu n'as pas besoin de dire quoi que ce soit.

Dan tendit la lettre à Graham.

— Garde-la, dit Graham.

Les larmes firent briller ses yeux, mais il souriait.

— Je l'ai écrite pour toi et j'en pensais chaque mot.

Chapitre Trente-Quatre

Un an plus tard

GRAHAM vira à la marque des quarante kilomètres et jeta un coup d'œil à Dan, qui lui sourit en retour. Dans le soleil de fin de matinée, ses yeux bleus étaient de la couleur de l'océan. Ses cheveux bouclés étaient collés à sa peau en sueur et la lumière faisait scintiller les gouttes perlant sur son front.

— On y est presque.

Graham passa une main sur ses yeux pour s'essuyer.

— Tu tiens le coup ? demanda Dan d'une intonation narquoise.

— Mieux que toi, plaisanta Graham, même s'il savait qu'ils étaient aussi épuisés l'un que l'autre.

— Il me semblait pourtant que c'était toi le plus vieux de nous deux.

— Nous n'avons que quatre mois de différence.

Graham secoua la tête et éclata de rire.

— Et avec l'âge…

— Vient le sarcasme.

Dan lui fit un clin d'œil et accéléra le rythme.

— Eh merde !

Ses cuisses brûlaient. Il jeta un coup d'œil à sa montre et vit qu'ils avaient ralenti durant le dernier kilomètre. Il était si fatigué qu'il en avait oublié de surveiller leur rythme. Graham avait cru qu'il était plus que prêt pour un Ironman, mais à présent, il savait qu'il ne serait jamais allé aussi loin sans Dan.

Ils avaient pris les motos qu'ils avaient remorquées depuis Raleigh, avec la voiture de Dan que Graham aimait appeler « la stupide voiture à papa ». Avec, ils avaient quitté le bungalow de Terri pour se rendre directement sur place. Alors qu'ils roulaient vers la côte, Dan avait rappelé à Graham que sa Ducati était beaucoup plus cool que sa Harley. Ceci, bien sûr, s'était terminé par une discussion pour savoir qui des Américains ou des Italiens fabriquaient les meilleures motos. Lacey avait mis fin à la dispute en annonçant qu'ils étaient, l'un comme l'autre, bien « ennuyants », et elle avait supplié Graham d'allumer Radio Disney. Ils avaient tous fini par chanter « Funky As a Diaper ».

La poitrine de Graham se serra à ce souvenir.

— Merci, dit-il.

— Tu es d'accord, alors ?

Graham gloussa.

— Je suis maître absolu du sarcasme. Mais je voulais te remercier de m'avoir donné la force de participer. C'est grâce à toi si j'en suis là aujourd'hui.

La course n'était qu'en partie dans ses pensées.

Dan frotta le dos de sa main contre celle de Graham.

— Papa ! Graham ! fit une voix familière dans la foule alors qu'ils approchaient de la ligne d'arrivée. Vous pouvez y arriver !

Dan et Graham saluèrent Lacey et les parents de Dan. Au même moment, Lacey se mit à sautiller vers l'arche gonflable qui se trouvait en fin de parcours, puis elle s'arrêta brusquement en faisant une grimace et se mit à se tortiller. Jane lui fit signe de la suivre, et elles disparurent dans l'un des toilettes publiques de couleur bleue. Graham pouffa.

Pause pipi.

Même à l'école, Lacey avait parfois tendance à oublier d'y aller. Ce n'était pas une question de manque de contrôle, mais plutôt un désir de prendre part et de profiter de chaque activité, ce qui avait tendance à lui faire oublier les choses moins intéressantes, plus concrètes.

— Elle ira plus vite que moi dans quelques années, s'exclama Dan.

— Elle va déjà plus vite que nous. Surtout quand elle se dirige vers les toilettes.

La brise salée de l'océan ébouriffa les cheveux de Graham. Il soupira en pensant au bain à remous sur le balcon de Terri. Après la course, les parents de Dan ramenaient Lacey à la maison, et Graham et Dan auraient la semaine pour eux. Cela ne dérangeait pas Graham d'avoir Lacey dans les parages – il était tombé sous son charme aussi sûrement qu'il l'était sous celui de Dan – mais ils n'avaient jamais passé autant de temps seuls.

— Même ceux qui ont une famille ont besoin d'une petite pause, parfois, avait déclaré Terri en remettant à Graham les clés de sa maison, trois jours auparavant. En plus, les Parker adorent leur petite-fille, et Lacey se régale de la façon dont ils la gâtent.

— On se tient la main pour franchir la ligne d'arrivée ? proposa Dan.

— Un vrai geek.

Et vraiment merveilleux.

— C'est un « oui » que j'entends ?

— Quoi que tu dises, tu es dix fois plus romantique que moi.

C'étaient des mensonges, mais ça ne sembla pas déranger Dan. Graham avait emménagé avec Dan et Lacey cinq mois auparavant. Il avait gardé son appartement en centre-ville afin que lui et Dan aient un endroit où dormir lorsqu'ils travaillaient tard, mais il en était venu à considérer la maison de Dan comme la sienne. Jouer à la famille parfaite, il s'était avéré, était totalement de son ressort.

— Tu m'as acheté une douzaine de roses pour mon anniversaire, fit remarquer Dan.

— Et le gâteau que tu as fait pour le mien ?

Graham sourit au souvenir du gâteau bancal avec un trou sur le dessus, là où Lacey avait « accidentellement » fourré son doigt pendant qu'elle et Dan le glaçaient.

— Je suis un piètre pâtissier, donc ça ne compte pas.

Graham vola un verre d'eau à l'un des bénévoles, but une gorgée, puis vida le reste sur sa tête.

— Un dernier sprint ? proposa Dan.

— Tu veux me tuer, ma parole.

Graham prit la main que Dan lui offrait.

— Je te ramasserai à la petite cuillère, une fois que nous aurons terminé.

Graham hocha la tête, et ils partirent en riant. Cinq minutes plus tard, ils franchirent l'arche en trébuchant et se dirigèrent vers l'herbe où les bénévoles avaient installé des tentes avec de la nourriture et des boissons. Ils s'effondrèrent immédiatement sur le sol.

— Vous l'avez fait !

Lacey leur tomba dessus, puis fit la grimace et s'exclama :

— Vous êtes tout dégoûtants et puants.

— Félicitations, les félicita Jane.

Elle n'avait pas l'air très à l'aise, mais le soleil était assez haut, et il faisait plutôt chaud. Ceci expliquait donc cela.

— Nous vous aurions bien enlacés tous les deux, mais j'ai bien peur que Lacey ait raison.

Elle imita l'expression de Lacey et, de concert, elles dirent :

— Beurk !

— Excellent travail, salua le père de Dan.

Graham crut voir Jane faire un clin d'œil à son fils.

— Il faudrait trouver quelque chose à manger pour Lacey. Rendez-vous sur le parking dans environ une heure ?

— Entendu.

Dan embrassa Lacey.

— Au moins, tu n'as pas à retourner à la plage avec nous dans la voiture.

Ils chargèrent leurs vélos et leurs équipements, et les suivirent avec leurs motos.

Lacey hocha la tête et se tint le nez, puis se leva et fit signe qu'elle et les parents de Dan se dirigeaient vers les food trucks.

Dan sourit à Graham.

— Eh bien ? Qu'est-ce que ça fait de terminer ton premier Ironman.

— Redemande-moi demain.

— J'ai racheté un pot de baume du Tigre.

— Il va falloir que tu m'en badigeonnes partout.

Graham pressa sa cuisse contre celle de Dan.

— Marché conclu.

— Mais plus sérieusement, reprit Graham. Je me sens super bien. Merci de m'avoir poussé à le faire.

— C'est quand tu veux.

Dan croisa le regard de Graham, puis détourna rapidement le regard. *Étrange.*

Dan était rarement mal à l'aise, encore moins avec lui.

— Tout va bien ?

Graham repoussa une insécurité qui ne lui était que trop familière. Dan n'était pas sur le point de le quitter. Du moins, il ne pensait pas.

— Oui.

Encore ce regard bleu ! Chaleureux. Aimant. Graham attrapa la main de Dan, mais Dan choisit de s'asseoir. Il sembla hésiter, puis fouilla dans la petite poche de sa combinaison et récupéra quelque chose qu'il attrapa trop rapidement pour que Graham puisse la voir.

— Graham, dit-il. Quand je t'ai rencontré, je n'avais aucune idée de la course folle qui m'attendait.

Il sourit et sembla regagner un peu de sang-froid. Graham ne l'avait jamais vu aussi nerveux, même au tribunal.

— Mais les choses telles qu'elles sont aujourd'hui ne me conviennent plus.

Graham déglutit difficilement et se força à se rappeler que tout se passait bien entre eux. Le bonheur que ressentait Dan était véritable, et pour sa part, il en était arrivé à un point où il ne pouvait plus s'imaginer *ne pas* être avec Dan.

— Je pensais faire ça au mariage de Terri et Beth. Bon sang, elle m'a pratiquement supplié de le faire.

Son sourire chaleureux suffit à estomper le moindre doute chez Graham.

— Je lui ai dit que tu n'étais pas un fan des rassemblements et que si je le faisais devant une immense foule de personnes, tu me tirerais probablement dessus. Et puis, je ne pouvais pas penser à une meilleure façon de célébrer notre course.

— Dan, je ne suis pas sûr de…

Dan tendit une main légèrement tremblante et l'ouvrit pour révéler deux bagues.

— Graham Swann, dit Dan, la voix chargée d'émotion, tu as été un excellent collègue pour moi. Tu as été un bon ami quand j'avais besoin de quelqu'un sur qui m'appuyer. Tu as été comme un père pour Lacey. Tu m'as donné le courage de prendre des risques… de rester fidèle à qui je suis. Je te veux dans ma vie pour le reste de mes jours. Veux-tu m'épouser ?

Graham retint ses larmes. C'était comme si tout son sang-froid s'était évaporé.

Et ce n'est probablement pas une mauvaise chose.

Sa gorge se serra et il toussa. Il essaya de parler, mais la seule chose qu'il put émettre fut un geignement.

— Oui.

Graham déglutit difficilement et prit les mains de Dan, le poussant à se relever.

— C'est oui.

Cela semblait être les seuls mots qui voulaient bien passer la barrière de ses lèvres.

— Oui, je veux t'épouser.

Dan glissa la bague en or blanc au doigt de Graham.

— Tu étais sublime lorsque je t'ai rencontré pour la première fois. Tu es sublime aujourd'hui encore.

Graham s'empara de la deuxième bague et l'enfila à son doigt.

— Je t'aime, murmura-t-il.

Des mots qu'il n'aurait jamais imaginé dire à qui que ce soit.

Dan offrit à Graham l'un de ses sourires pleins d'amour et de compassion qui lui nouaient le haut de son corps d'un éclair. Et à ce moment-là, Graham réalisa qui était la personne en face de lui. Ce n'était pas Danny, le gamin pour qui il avait craqué au lycée, qui s'était caché de tout le monde. C'était Dan Parker, l'homme qui avait réussi dans la vie. Un homme qui était né le même jour que Graham Swann – le jour qui avait hanté Graham pendant quinze ans. Des cendres de ce jour maudit était né quelque chose d'autre. Quelque chose de minuscule. De fragile. D'à peine perceptible. Mais cette chose avait grandi et, nourrie par l'amour de Dan, cette malédiction l'avait conduit au jour présent. Au plus *beau* jour de sa vie.

PARADIS PERDU

Shira Anthony

Il est dangereux de chercher des secrets enfouis.

Il est dangereux de chercher des secrets enfouis.

Lorsqu'une énorme société menace de reprendre son entreprise, Adam Preston, prodige de la programmation, échappe au stress en prenant des vacances plus que méritées en République Dominicaine. Il y rencontre Jonah James, un instructeur de plongée sous-marine, séduisant, intelligent et perspicace. Ce qui commence comme une aventure de vacances devient bientôt beaucoup plus sérieux.

Mais Jonah a un secret : dix ans auparavant, il s'est réveillé sur une plage de l'île sans savoir comment il y est arrivé… ni même qui il est. Leur paradis n'est peut-être pas aussi parfait qu'il le paraît. Lorsque les souvenirs de Jonah recommencent à affluer comme des vagues sur le sable, Adam s'agrippera-t-il au radeau de sauvetage ou les deux hommes trouveront-ils un havre de sécurité pour se sortir de la tempête ?

L'amour n'avait pas sa place dans leur mariage…

Lorsque Chris Valentine, jeune écrivain en galère, rencontre Jesse Donovan, il espère tout au plus décrocher un contrat pour son manuscrit, ou un rendez-vous galant… Il ne s'attendait certainement pas à une demande en mariage de la part du célibataire le plus convoité de New York !

Jesse est dans de beaux draps… Pour rester à la tête de son entreprise, il doit se marier. Il fait donc une proposition alléchante à Chris : si ce dernier accepte de vivre pendant un an dans un splendide manoir et de jouer les époux énamourés, il pourra disposer de tout le temps qu'il souhaite pour écrire et repartira en prime avec un million de dollars. Le défi semble facile à relever. Il suffit à Chris de vivre aux côtés de l'homme le plus séduisant et le plus charmant qu'il ait jamais rencontré, un homme qu'il a désiré dès la première seconde et qu'il n'aura jamais. À moins que…

www.ingramcontent.com/pod-product-compliance
Lightning Source LLC
LaVergne TN
LVHW091137080826
845145LV00008B/2182

* 9 7 8 1 6 4 1 0 8 4 7 4 1 *